常春藤诗丛

复旦大学卷

施茂盛 主编

李彬勇 著

李彬勇诗选

陕西新华出版传媒集团

太白文艺出版社

图书在版编目（CIP）数据

李彬勇诗选 / 李彬勇著. -- 西安：太白文艺出版社，2019.1

（常春藤诗丛. 复旦大学卷）

ISBN 978-7-5513-1667-5

Ⅰ.①李… Ⅱ.①李… Ⅲ.①诗集－中国－当代 Ⅳ.① I227

中国版本图书馆 CIP 数据核字（2019）第 024727 号

李 彬 勇 诗 选

LI BINYONG SHIXUAN

作　　者　李彬勇

责任编辑　蒋成龙　姚亚丽

封面设计　不绿不蓝　杨西霞

版式设计　刘戈

出版发行　陕西新华出版传媒集团

　　　　　太 白 文 艺 出 版 社

经　　销　新华书店

印　　刷　北京彩虹伟业印刷有限公司

开　　本　787 毫米×1092 毫米　1/32

字　　数　84 千

印　　张　7.75

版　　次　2019 年 1 月第 1 版

印　　次　2019 年 1 月第 1 次印刷

书　　号　978-7-5513-1667-5

定　　价　45.00 元

如有印装质量问题，可寄出版社印制部调换

联系电话：029-81206800

出版社地址：西安市曲江新区登高路 1388 号（邮编：710061）

营销中心电话：029-87277748　029-87217872

关于复旦大学诗社
——《常春藤诗丛·复旦大学卷》序言

《常春藤诗丛》即将付印之际，复旦大学卷的序因故一直没有落实，考虑到整个诗丛的一致性，丛书策划人和复旦卷主编希望我担当此任。自知没有资格和能力为复旦卷写序，但为了丛书整体进度，只能尽我所知，并从公开资讯中获取相关资料，介绍持续近40年的复旦诗社。

复旦诗社成立于1981年，一直是复旦大学校园文化的象征，是中国当代诗坛上历史悠久、传承有序、诗人辈出的高校诗社。在20世纪80年代前期，曾与北京大学五四文学社、吉林大学赤子心诗社、安徽师范大学江南诗社并称全国高校四大诗社。30多年来，它带动复旦大学成为中国现代诗歌的重镇之一，走出了许德民、孙晓刚、李彬勇、张真、傅亮、杨小滨、陈先发、韩国强、施茂盛、韩博、马骅、肖水、洛盏、顾不白、徐萧等一大批优秀诗人，形成海纳百川的"复旦诗派"。

"仿佛梦幻，每当回想起这一段生命的华彩，我还是会深深地悸动。诗的力量滋润了我整个生命，也注定了我与诗一生同行。"提起往事，1979级经济系的学生，复旦诗社创始人、第一任社长许德民满怀深情地说，"我的诗歌生涯是从复旦起步的。1981年，我在复旦发起成立了复旦诗社，也是它把我培养成为一个诗人。"

复旦的诗人们与中国诗人一样，从20世纪70年代末开始，以空前的热情参与了自新诗历史以来最具想象力，也最具使命感的创造。1983年许德民负责编辑了中国第一本大学生抒情诗选《海星星》（复旦大学出版社出版），第一版就印了38000本，后来又加印数次，印数将近70000本，这在诗歌受到冷落的今天是不可想象的。第二年复旦诗社又编辑出版了第二本诗选《太阳河》。两本诗集在20世纪80年代的大学校园和社会上广为流传。

"20世纪80年代后半期的诗歌创作，却也并非空无，一批又一批追求各异的诗人，竞相出现，他们写出了属于他们自己并引为自豪的诗篇。海子就出现在此一时期，并且成为一种精神象征，照亮了此际丰富而贫乏的诗歌天空。"（谢冕：《丰富而又贫乏的年代》）第二十六任复旦诗社社长王明鉴曾说："在我担任诗社社长以来，有幸接触了很多20世纪八九十年代的诗社前辈，在和他们探讨诗歌探讨诗社的未来时，我常常会惊异于他们对诗社、对诗歌的坚定，惊异于他们对自己内心深处那片净土的坚守。品读许德民、天骄（韩国强）等各任社长的诗歌作品时，我常常会不自觉地想象：在曾经的那些年代里，复旦诗社有着怎样的风光与气势！"

在复旦诗社举行的创社24周年纪念会上，许德民、周伟林、李彬勇、傅亮（第三任社长）、杜立德（第四任社长）、杨宇东（第十一任社长）等诸多早期复旦诗社诗友和诗社现会员、中文系的部分教授济济一堂，就如何在现代社会发扬诗歌文化，如何定位当今校园诗歌创作等问题展开了热烈的讨论。2005年复旦百年校庆时，许德民担任主编的《复旦诗派经典诗歌》《复旦诗派前锋诗歌》《复旦诗派诗人丛书》等16卷复旦诗派诗歌系列作品得以出版，完成了梳理和总结复旦诗歌的浩大工程。

"旦复旦兮，日月光华"，安放在复旦校园内的"复旦诗魂"铜雕，以当年《诗耕地》创刊号封面为设计原稿，进行艺术化处理，凝聚着复旦人永远的诗魂。正像诗人刘原（复旦诗社第六任社长）所说："更单纯／恢复到最初初恋的明净／让走过的路上都弥漫馨香。"

复旦诗社近年来非常活跃，组织了"复旦诗社复兴论坛""'在南方'诗歌奖评选"等一系列诗歌活动，并定期举行"在南方"诗歌沙龙，邀请复旦大学、上海乃至全国的著名诗人与同学们进行交流。2011 年，复旦诗社举办首届复旦诗歌节并设立针对在校大学生的"光华诗歌奖"。此后，每届"光华诗歌奖"都邀请诗歌界的代表诗人作为评委，该奖项现已成为针对高校的、代表着创作高水准的诗歌奖。复旦诗社还创建了全国高校第一个以诗歌为主体的公益图书馆——复旦诗歌图书馆；之后又成立了复旦大学诗歌资料收藏中心，偏重于当代诗歌资料的搜集。诗人、作家、诗歌资料收藏中心执行主任肖水介绍，选择当代方向，是因为复旦在当代中国诗歌的写作和研究方面都有一定的传统和建树。他认为：诗歌资料收藏中心的建立，"就是要为复旦的诗歌写作和研究添砖加瓦；为诗人们建立坐标，提供营养；为诗歌研究者提供便利，催发动力；从而为整个中文诗歌的写作和研究营建更好的诗歌生态"。

前期的复旦诗社中，有我许多朋友和熟人，故深知他们的探索和耕耘。复旦的诗歌成就是有目共睹的，也是卓越的，我深信复旦学子一定会客观而又全面地总结出复旦诗学、复旦诗歌的理念和精神，以及复旦诗歌发展轨迹。据说复旦大学卷只选了5位复旦诗人的作品，我不敢断言这能否充分体现出复旦诗人的全貌，或许只是某一时期的截面或缩影。但毫无疑问，诗丛入选的李彬勇、杜立德、陈先发、韩国强、施茂盛5位诗人是出类拔萃的，他们不仅属于复旦，也属于全中国。我也不敢说我的描述是否涵盖跨越近40年复旦诗歌的发展轨迹，在此，我要向复旦诗社第一任至第四十六任社长许德民、卓松盛、傅亮、杜立德、张浩、刘原、甘伟、韩国强、黎瑞刚、刘俊浩、杨宇东、王海威、宋元、胡方、韩博、吴键虎、许超、郭军、李文立、杨蓉蓉、施兴海、成明、丁雁南、李健炜、丁炜、王明鉴、肖水、吾勉之、洛盏、顾不白、徐萧、沈逸超、田驰、杨扬、付东东、陈汐、曹僧、王大乐、王子瓜、张雨丝、廖如妍、西尔、李子建、卢墨、周一木、杨雾，以及无法一一提及的复旦诗人致敬。

苏历铭

2018 年 9 月 21 日 北京

目录

辑一

青莲花紫莲花

辑二

邻虚诗篇

3

辑三

短章

辑四

关于酒和他乡

辑五

云间帖

辑一

青莲花紫莲花

菩萨的手

印度菩萨最早的手是一双男人的手，带着咖喱和
辣椒的气味。肥而厚，像老树上垂挂的沉沉的菩提子

我们将其柔化，修成温情女人相，轻拈一朵
沾着晨露的莲花，接近于动作迟缓的妊娠中的女子的手

它将搂抱着我们。菩萨的手，用檀木或泥坯镀金
做成的手，指向于十方的宛如太阳光柱般的手

我曾向一座在建的大悲阁捐供过一双手，一双而非
更多。就像这块向虚空处取来的可以安放灵魂的所在

菩萨的手。柔弱乃至优美到极限，悲悯到极限。可以比作
你真正爱的人，比作你在危崖处紧攀的一根虬枝

世间少有这样的手。眼中也少有这样的手。咒语之中
身姿之中，少有这样单纯奇妙又莫名的千万双手

接着我看到盛放的千万朵手印。听到手印里的歌声。在
抄经的纸上轻放，重压。一如我们来到人世，挥别人世

千灯

点起一千盏青灯。平原旷畴，夜幕低垂，像引领
鬼神，疲沓的游子。读书郎失神的眼睛

再站高一些。南朝四百八十寺之一的烧毁的塔基
檐角风铃、经藏，矮墙上散去又绕来的袅袅的香烟

运河两边浣洗的女子。她们可能是我祖先的远亲，浅浅
笑着，吴侬软语。然后伸腰，由明亮处眺望着黑暗处

熟如旧人的青石板巷道，幽幽如青灯。石桥弓着
背，如青色的虹。脚步橐橐，走了整整一千年

昆剧《牡丹亭》开演。头饰沉重，紧迫，华美。而
唱腔尖厉，从额头发出。打旋，拔高，朝着天幕唱去

轻盈的心

目前为止，心看上去是轻盈的

如冬日里的暖光，被镜子一照，迅疾而灿烂地

晃动，波动。不可能再沉重了

手摩挲着一段黄花梨

或者零碎的柴火，触觉、气味甚至是包浆

都不重要。我注意到柔软、温煦的手的风姿

慢慢展开，好似一幅时间的画卷

那么，语言作为另一种物质

譬如说是卵石吧，自然也不能前赴后继地

堆垒起。空气是最早发现这种

惊险的。目前为止，像蛇一样

蜕一层皮，斑斓，可以入药

或许，更具毒性的过往本身注定难以觅求

悄然地蜕去，别怀疑会有人进入

这于你是如此壮怀激烈的过程。心

轻轻盈盈，停驻到

没有怨愤、没有愧疚的草丛、叶尖

静静地瞬间缩身，变得渺小

然后发现你具有了蜻蜓一般的复眼

全方位预览。试试拍动你的双臂，你真的

轻轻飞腾了起来

草木之情

古人说草木无情，或许也没错，那是在古代
现在不是了。草木比人高，比人长得精神

而意识到这一点时，往往都已人到中年了
发鬓如雪，像我，腰椎隐痛，如一头老去的豹子

于是与草木近了。把它们当兄弟、恋人、孩子
絮絮叨叨的，身体前倾，眼中往往噙着莫名的欣喜

尘埃和薄雾一起落在草尖。有时人也会站到草尖上
另一边的大树，病菌塑成的树瘤很美，像一朵朝阳的葵花

树冠里的鸟巢铺满乳白的蛋，孵化着大悲大情的小鸟
还有依偎着草木的石头。蚂蚁爬上来，抬着黑亮的脑袋

天间
——怀爱犬邦德

"诗应该有的样子，就是热情和喜悦。"——博尔赫斯这样
说。一边跳着探戈，向我做出一种手势，像朵神秘之花。

我摊开纸，走上来同样跳舞的当然不是猥琐阴暗的人，
而是额头放着光、手掌柔软，脸庞长得像苹果一样的人。

我走进院子，听见老邦德对我说："呵呵，老兄！我在土里
闻到了你快乐的气息。那些青草新长的的根须时时催促着我！"

我抬头望着天。天很空，不一定蓝，但的确很空。可以盛放
多大的喜悦呀！至于热情，亲爱的，你爱过我，你应该懂。

有朝一日

能够把心敞开，一定是走进内心很久的
人。像一条在港口做过保养的船。现在
风平浪静，艳阳朗照，正适合启碇远航。

走出内心后的空，就是波涛与波涛之上的浩瀚的
空，如阿拉伯人发明的零。万物皆得以观照：
众生的恶与善，世道的浊与清，物质的灭与生。

我的确就在海边。你得将大陆走到头，将爱
走到头。长梦醒来，从抽离万象回到万象。
如同行李，包裹好了是为了在另一个地方打开。

我把它称为有朝一日。瓦屋顶上渗着春雨
柳枝滋润。可以把远景当作近景，雷声滚来
就像我一直看到的莲叶上滚动的那滴水珠。

多灿烂的海与空！我就是酒吧里愿与任何人结交
的那位水手。我在花市买花，我甚至对价值
虚高的宝石都保持了足够的尊重。是我，有朝一日。

诸相离
——致 W&Y

我不具锐利，相反，我常常是木讷的。
但我开始远远地赞赏你们，并从这些赞赏里
获得快乐。好比你们沿着山道缓行，
一边攀谈着将同题的诗歌如何
写到极致。也好比是探究文本背后的厚度，
或者天地之间、玄思之外的诀别似的眉目
传情。是的，我乐意看着你们爬上半山，
那些树木、石头和鸟儿都生动鲜活，
接近于佛家所说的同圆种智的那种感觉。

周遭的戾气太多。如此，于我而言，温煦和
真诚就会显得格外敏感。我如今想到
人与人之间原本的互动才是最值得拥有的。
它朴实无华，甚至全然无关乎付出，无关乎
缘分，无关乎镀了金身的神谕。什么都

不是。我来到你们中间，就像一个山顶洞人
要保持住火源，储藏住稀少的食物。
从他纯澈的眼睛看过来，三万年后
我们相逢一起，实际上只是一瞬间的往事。

一滴水

握住一滴水就像遭遇一束白色的
光。所有色彩的汇聚谓之白。那么
一滴水就是所有凝固、浑浊和异味的
总和。好比我喜爱的聂鲁达的《诗歌总集》

让一滴水滚在掌心，如同滚在荷叶之上
此时世界寂然，我保持着托掌的姿势
宛如托着一盏灯。一滴水照耀着我
慢慢行走，耳畔彻响着万年前的山崩地裂

我像一个宣叙者。与逝去的爱人重逢
无形，无味。仿佛滚落于一瓣青莲
双目为之追随。我的被抚爱过的眼睛
那一滴水珠的光华，轻轻开启，又复合闭

有了

我一直感到"有了"这两个字非同一般。它应该
具有明亮、温暖、祥和的面容。就像久未
生育的女人某一天轻轻附你耳朵说：有了。

对，就是这种感觉。这一切皆有可能的美丽的
胚胎已着壁，而你是四代单传，已快成
朽木了。一根朽木独撑一座时间与血亲的危房。

只在这一瞬，你才明白所有的有都来自虚无。
你若虚无，又如何会惊喜于有？好比你屋前的
空地，因为空，才能长出花草，飞来彩蝶。

更形象的比喻是：你就如同一盏蒙了重重灰尘
的灯，你下决心彻底擦拭干净。那一刻，对灯
的灰尘而言是无，而对于灯的光亮，则是有了。

心秘密

我不迷恋文本的力量。我和那种炫技的展示
基本无缘——那是一根美人蛇似的跳绳
随时可能反绊住你的脚。因此，我往往
更喜悦于直接坦率的表述。譬如不立文字
不作经传的密宗。好似单传的族谱，或者
是单纯、直干的树。譬如雪松，苍柏
以及乡间公路旁用来挡风挡沙的普通的水杉

我喜悦于秘密在心。人与人直接接触，你
不抵达，你就读不到他掌纹里密布的一行行
陀罗尼。像黑暗到来前的天边的彩霞，像
干土的裂缝里第一滴注入的水。可以听懂
禽言兽语，碎铁般粘上磁石。瞬间，活生生
走在前面的人，就是扇亮敞的窗。我喜悦于自己
的心。调息摄神，仿佛不曾活过，不曾爱过

十二棵大树与咒语

就看你会不会有机缘发生一场邂逅

一棵大树突然出现在你生命的网线上

如此茂盛。然后它张开四肢，如同四季

渐次繁衍出十二棵大树。枝叶生动，婆娑

有声。那便是你幸遇的守护

书写在《孔雀经》的附录里。紫磨金树。菩提

树。圣无花果树。梨。昙花树

娑罗树。耳作树。杧果树。无穷无尽

绕树而行，仰见拘那含牟尼佛成道时的金环

法蔓开荣。另一扇窗户如呼吸般打开

你不由自主地愈加走近，始终向上的右手心

会捧到一串咒语。这跨界的信息

晶莹如同舍利。不明白所以

也不需要明白所以。如第一次获得香皂

清洗后闻到的余香。一切显得特别

缓慢。你甚至需要将目光都停顿下来

回到童年。回到

《时间简史》的扉页。从那里

诵唱的声音串接起，由重

到轻，直至毫无声息。那一刻

你必须彻底地松透出自己。舒畅，能量，光线

回向于每一片温润的枝叶，以及那

翩然而来又栖身于树冠的每一只叽喳的小鸟

青莲花紫莲花

当你构筑诗篇的时候，不可避免地
你会联想到与诗相关的东西。诸如意境、意象
情绪的颤动，以及那些心智各不相同
面貌奇异的诗友们。你并不介意
潜伏得不为人识，甚或有些落寞
但你还会辨识着这个诗意的世界。如同辨识
一名丰稔的少妇，因为曾经的交集
你会对她的现状浮生出不止一种的猜度

同样，当我诵念起青莲花紫莲花时
我也不可避免地会接触到那些
与莲花相关的物事。诸如莲花峰、莲花池
纸绢上的莲花、舌苔上的莲花、空中
飘舞的莲花。我会想到
荷塘月色。莲花具有了我能做出的所有的表述

亲密如师徒间的口口相传。贴得很近，轻声细语
中，月色变青，月色变紫

你写诗的时候，是短暂地从五谷杂粮中
抽离。而我遭逢青莲花紫莲花时，儿子刚从
米兰归来，正正儿八经与我一起坐在餐厅，胃口
奇好，嚼咬着菜根，发出脆响

墙上的信

偶然间有人微微颔首，说让我看看你。他从墙上
将我的骨骼和脏器透明起，拾掇起

从这刻起，我就想，只要有一堵白色的墙
我也能读到你的信。你的今生所写、未写的信

我借来天光。连衣衫都一起沉静下来凝视
时间很久。你当然不在我身边，当然浑无知觉

你躯壳和魂灵的信在墙上书写。光在书写
光的弱强泄露了世间冷暖，你花儿凋谢或依然灵动的风姿

这双偶然的手始终搭在我手上。他已活了七百年
青莲如雨中的铁色，还有他訇然倒塌的声音也盛放到墙上

我随时阅读到你。像一本熟识的书一而再再而三地被
翻开。我借来神光让自己也等同于一堵色声之墙

围裹起我们共同居住过的屋子。里外都有一面
我甚或可以成为隐在墙里的一块砖，聆听和嗅闻的砖

来自那些为你捏拍的黏泥。刚脱离一蓬伏地蹿长的野草
能量折来。你在墙上说昨夜听到了我，嫣嫣然陌上花开

心经帖

我能看到唐僧玄奘在宽敞的凉殿中翻译《心经》。他
悚惊于自己的国师地位。身边的长案、鲜果、名贵的
印度檀香，与空气中弥散的诗酒风骚相掺和
他的光头静静泛着天光。头发在仪规中属于污秽之物
必须持久性剃去。如同五蕴，如同挂碍

我也看到在不远处研墨铺纸的我。和所有唐朝的
抄经生一样，宽袍轻履。喝着陆羽亲煮的新茶
世界只剩下佛陀的声音和练气的坐姿
还有座旁的一瓶东洋插花，熬着药石的瓦罐
语言和绘世的危机像一名名肥硕的妓女紧靠在门扉

我们大声诵唱着。玄奘是个老和尚了，老就意味着比较
接近神。他偶尔触触众人的额头，自语道：照见，
照见。而咒语爆响，宛如雷鸣：快去啊，快向彼岸

渡去。我记得我跳上船，操起一根新削的木桨
渡口精瘦的船夫冲出来朝我大吼：放下！放下！

重复之书

一直处在重复之中。如爱日般牵挂父母
问候，看望，买一些糕点、水果、花和
檀香。又如我练小字，锋尖褪去
恣肆挥墨的跃动褪去。浮云似的了无痕迹
我端坐着，沉潜于熟识的笔画之海
风帆为清风一次次吹鼓。舵把握磨得包浆
油亮，与溅起的浪花一样生动
每个重复的汉字如我子嗣
出生，以溢满奶香的身体慢慢移动
然后来回走动。朝我走来，重复着叫喊
我，与我比肩而立。我
看到了从未消逝的豆蔻年华。脆朗的
童声，树叶和荷叶合掌的姿态
这样的景象有时并不需要你理解。好比这句
我笔底涌现的"枳那枳那檀哆阶陀"。连续

诵读。多好听庄严的字相，就是你
不可能总是遭遇的大河。你重复观想
一个一个蝇头小字写来，小得这般没有
火气。世界静好。来了，来了
那不停流动的河水，绿草丰美，滴滴点点
折射着源头的红日之辉。似你丰沛的
生命。你以为只爱或只被爱过一次吗
不，你一直在爱着。出自本心
就如此刻，我以重复之书对你的一遍遍倾诉

北斗歌

儿子是哼着一首北斗歌去了他向往的北方。他就是要
脱离我们对他的关切的樊笼。他要去帝都阅读皇气与干冷

那年他 19 岁。"北斗七星耀"，老人这样教他。他于是在
高考临交卷时自己对自己念诵："啊，北斗歌呀……"

他肯定需要得到这种心灵的启示。翻揭开我们的不舍，甚至
在八通线告别时强忍的泪花。儿子在拥挤的陌生人群中

挺了挺胸。"参汝得汝能"，我从此总有意无意地提及这句
歌词。好似盛开的莲花在说：你们父子俩长得极像。也许性情

和命运亦将极其类同。我无法言说为何会如此爱他，甚至是
过于溺爱。宛如万里之遥的北斗之光忽然间与他的血肉之
躯相连

甚或是源源不断的能量。我自觉渺小，像一枚幼年时喜食的蚕豆。又糯又香，裹糅着北斗的幽蓝故事。以光一般的速度阅读

就在无所不在的默然与蔼然中。我常常轻抚着自己的手掌，像抚着星光和儿子的青春。"天上大风"，我迎来最后一个寒假回家的

儿子。他已不再埋怨上海的湿冷与阴气了。他带我们去飙歌以气声唱着"北京，北京"，仿佛雪落下，雪花在波光里的颤动

前世埋我的人

因为你，我再生于人世，如一出老戏中长唱
不衰的桥段，如一片被风鼓吹的白色归帆。我在
街头，看见你迎面走过。怎么可以不识
那梦里一再闪亮的充满慈爱和永别的目光

前世埋我的人，让你受累了。我无法告诉你
一觉醒来，又似乎什么都没发生，依然
有人相邻而居。游走在艳阳之下，我无惧无畏
依然不会为某个特别的场合做好充足的准备

埋我于何方。有没有标记一朵野花
那种究竟的枯萎带来了遗忘。可能不经意换了
种活法。如今我凝视自己如同凝视一杯
水。清澈，无味。轻易地宽恕，轻易地满足

因为你，我显得贵重无比。珍惜每次说话
珍惜与人见面。佛说一切重生都是因着
报恩。好比海浪奔涌回礁岸，溅成冲天的白沫
是的，这是我所能联想到的粉身碎骨的方式

还有诗歌。施于这些韵律秧苗之上的灵性甘肥
前世埋我的人，与我相远相隔就是你给予我的
法器。必须让我孤单，快乐，率性。站在
尘世之坎，做一名与稻穗一起垂头的白发老农

阿阿夏沙嘛哈

当有所期待时，期待并不在。好似我现在走进一间
废弃已久的空屋，腐变的异味爬满四壁。我得
打开窗户，把风迎来，并且，远远不止是风

我借力于形式感。在信仰里，仪式、律规本就是
内容的一部分，如同精神之于肉体一样。精神足够时
说话就轻声细语，面容就泛出松弛、喜悦的光

仿佛窗户忙碌起来，吐故纳新，蜜蜂在野地
歌嘤，让我这个很少有朋友的人，也扫榻以待，设想
袖口十年香的一幕。就在空屋泛黄的墙壁上

顺着咒语，我把自己也驱散。陨石一粒，划过天际
发现长梦醒来，魂灵已丢落别处。蝉也是
这样蜕变的，它鸣唱着秋天，秋天便渐渐走远了

佛喻

只要能让你心生善念，你就可以把它比喻成
佛。面善而普通的佛，类似于你的
退休金很低的邻居老头。善念诞生时
那些邪恶自私的人也具有了与天光一样亮的面容

佛用比喻来启示人，生死是两个驱不散的鬼
《金刚经》里佛说，昔日为歌利王割截身体，节节
肢解，想什么啊，什么都没想。佛这样告诉你
他是一个曾死过的人。佛就是以死来叩敲你的门

我常常陷入自责。走在屋前的一条小路
于它的断裂处发傻。会想到人死的那种
比喻。善念的来临得有因缘。瞧，柏油重新铺设
黑溜溜、亮晶晶的，下暴雨时渗水哗哗好快

原生词

每次动笔，总希望着能把想写的唤到眼前，
让一切回归原样，栩栩如生的。
我不算什么，你和你们才是最重要的。
坐到我桌上，床沿，或斜倚窗前，
目光炯炯，做夸张的举动，清晰到
让我可以看见汗毛孔里的初夏的潮热。

将自己扔到隐喻的形象后面是荒唐的。
就好像躲进树木丛中，出来时
终于看见树木高于我们。它们不问来处，
也不问去处，一生不动。发芽，扬花，鸟
来栖，虫来蛀。然后，无须你发现，
它们老了，累了，裸露出一身的秃枝。

你和我走了吗，动了吗。还真是难以明了

这最为简单的道理。并不是因为相向而行
我们才相遇。我们原本在那里。原本
便是。我孤寂一人，却一直牵着你的手，
听到你与我说话，轻轻震动着
我，如同两块寻常的白玉叮当碰撞了一下。

痴心围

我以我的方式去爱或者哀叹这个
世界。每天清晨，我以一支香，半杯青汁
完成自己的仪轨。随后，拓荒者似的
荷锄走向他刚刚开垦出的荒地。锄头碰到埋着
的石头，闪出火星。我的所在寂静如空谷
回声很轻易传来。我喃喃着，常有说话
的欲望。一定遇到某位垂钓者，眉头皱起：
嘿，老兄，你与哪条鱼有着不解的前世宿怨

这样的方式就是我一个人的旅行。我在意的
一切远在天边，抑或是因为在意我而始终
不再归来。我游离在外，有大把的时间
可以胡思乱想。自己给自己动手治病
享受着被遗忘以及偶尔的温情的被
关怀。我以我的方式爱护着自己的痴心，像

被幼时老宅的竹篱笆所包围。那是在春天
竹片交叉处覆满了青苔，小花缀其上，紫色

关于来世

青春，这一曾经用过的词，依然保持着它动人的
容颜。今天我们决意永别它，好比永别一棵旷野里
的菩提树。不忍远远回望。手里捧着它掉落的
金刚菩提子。有棱角的金刚被依次串起，盘磨起。

我们就是某种意义上的树，相信着来世，在地底，在
飞花里。这种树为了扎成木筏浮海西去，任由铁钉
穿过身体，发出尖厉的嘶叫。变烫，变铮亮。
有谁听到，是铁钉，唱响了我们最后的一场欢爱。

与诵经者语
——致一位歌者、琴师

窗外，仲夏夜的昆虫蹑手蹑脚地飞过
只因你的诵经声如朵朵莲花开在窗玻璃上。

那天，相遇于南翔佛堂。你轻声对我说：
"人在世上，到底是好事做的多还是坏事做的多？"

我向你指了指我的那张书案。很远处，紫檀之光
照见一颗卑微寒碜的心。照见，且不舍昼夜。

祈求谁远离？《诸相离》的诗句慢慢生出根
呼吸也来了。尘土即是佛土，俗爱即是佛爱。

经声琅琅。一如你旧时在舞台上的亮相。所谓
美声，所谓美律，所谓琴键上的桃李满天下。

那就是满世界的花语、花香。暖湿的气息里

江南一隅，静静窗下，昆虫儿蹑手蹑脚地飞过。

空

罗素说：我绝不为我的信仰献身，因为
它可能是错的。那，错的毛糙的另一面是否
如镜子一样光洁，可以映照出自以为果敢的

面容。我们的众人的面容。类似九月里的
牵牛花，鲜嫩的喇叭绽放于清晨，然后
慢慢萎缩，掉落。而真正完成此过程的

也只是花自身。我一开始种花，就意味着
只要未被占有的位置上都可以长出藤、叶和
攀爬的姿态。像写诗那样懂得把描绘事物本身

放在首位。蝴蝶停立在一滴水珠上的
瞬间。或者更微观的、在肉眼所无法窥见
处。比如信仰，比如突然令人感动的空。

只远一点

谁的内心充满纠结。这，类似于狂风暴雨中的水手
结。张力越大，便越抽越紧，危情四伏般吱嘎作响。

至少我曾这样。我格格不入，像条孤魂。我怎能陷入语词
的江湖，担心　不小心也长成"世界的肚脐"的模样。

同样，我也不剃发染衣。蛇行于贡献了香资与祭品的善男信女
之末，我常看到引领的僧人袈裟过于光鲜，脑门过于光亮。

我把盛世当末世看。樱花太艳，夜宴太长。就让我先行
告退吧，兄弟们。我的这种不自在，意味着另一番的猖狂。

走远一点，只远了一点。让我独自漂浮，回想年轻时曾效仿
的老惠特曼的举动：尽量伸坦四肢，躺在松软的大地之上。

辑二

邻虚诗篇

观自在

此际，一场预设的台风
没有到来。白蒙蒙蓄雨的空色
摩天楼如铁石巨兽若隐若现。
傍晚五点的秋日已近昏沉。
我坐在明暗更替的窗下。不开灯，
画柜上新摆的绿萝变得幽深了，颤动了。

此际回到闹市的我已寂静良久。
我隔阻于群体，四肢乏力
这种虚弱的状态似乎就是自在的
我。这种混沌未开的天象似乎就是
观照本身。承受不起光明
宛如细枝承受不起硕重的花朵。

我不知道拥有怎样的情怀才能充盈

丰沛。一点一点来吧。

看到时间在身后卷起来，折起来。

看到自己被遮掩住的能量

就在距妄念与矫饰很近的地方。

剥离它就像剥一个多籽的石榴。

世间多好啊。你若不领略它的好

怎会发愿还要走回到你的自身。

这如梦如幻的默念，悲喜交加的

话语，就是一场预设到来却未到来的

台风。处在惊悸中的平静，

可以遥想雷电，遥想久违了的彩虹。

行之一

对于一个俗人而言修行不具棒喝意味。
它只是碰到了传说中的明师的身影，
若非跟从，四顾茫然中还只是他的身影。

就把它当作蹒跚学步时的第一次行走。
如净水一样纯。怎能明了莲花的圣性比喻。
重新来一次，自口型、自举手投足开始。

所有的秩序尽可以抛在脑后。
那些煌灿的殿堂也仅是煌灿而已。
无常不住里面，就如同你独自开启的行与动。

面目清晰一些。让我想到车行歧路，
那超乎寻常的与新鲜的风物和人群相遇。
你看，突然间，这个世界差点成为另一个世界。

深

你竭尽了所能谓之深。

好比无疆的大爱。

你因加速运行而烟花绚烂粉身碎骨。

一切看似结束了。门敞开着，

一个离家不归的人凭什么还要锁门。

时

当我们再度谈论身体的美丑或欲念的深浅

我们肯定是在异星眺望到承载我们的飘浮的蓝点。

像歌里唱的：我们在这儿活着，也在这儿死去。

希望和绝望的那一刻禁不住泪水涟涟。

比之米粒还小，比之恒星还大。

这个进行时的"时"充满动能，却又谧然埋伏。

所谓的引而不发就是一场持久的厮守。

我们的确时时关情，这样默读着：惊蛰，桃始华。

照见

我发现照见的时候是闭着双眼的。

不可能轻而易见。凭蛮力，或者美貌。

我昏沉的眼睛发现地球的一边照见如明灯。

斜的、蓝的照着渐渐转动的球体的光。

已不复是熟知的地表。汪洋、群山都细平如沙。

一束束照过去，可以想象那种治疗皮肤病似的波光。

全部肉身只剩下眼睛。而耳朵响起：

看见那束光的渊源了吗。看见无穷尽了吗。

多简单啊，作为儿子的你，想想母亲的爱吧。

我永生最大的痛就是得看见一切发生。

而听得太久太杂，使我突然间失聪。诸如

你置身于人群却又得孤独地活着这样的陈词。

可怕又慈悲的照见。可以抖落一身的积雪，

仿佛那个从极寒区走出来的老猎人。

一世警觉，此时放下枪，手掌柔软，脸膛红润。

度

我想让你更清晰地感知到我——借由这
苍白扁平的文字，真不知该有多难。比喻常常会
引向歧路，而直抒胸臆，又把自己
抬到了过高的位置。真实的世界绝非这样。
要么我本就单一，缺乏装扮而成的庄严面相。
要么真舍了自己——不退了，也不羞于膂力
有限：如此用心，就是为了划开空气靠你更近一些。

色

年轻时我喜欢用"五颜六色"这个词。

我遇见了异性、食物、组织，以及人群的构造。

我是如此幸运没有半途夭折，与色并存，

像老人必须从少年时代度过来那样。

我就是某一种色。多寡无常。

如果有人教你如何走完一生该是多么荒唐。

我早年的诗歌中充满了对今日的臆想。

与时间的顺序相反，老了，即是嫩了。

不异

与忙碌的想改天换地的你们一样
我本质上是一个无所事事的人
我每天清早在露台上洒扫
落叶和尘埃每天会有，但并不多
我将自己比作一个在庙前弯腰的扫地僧
动作不异。要扫眼前耳畔和心头的灰尘
如此简单而已。隔壁的老诗人问：
你围墙刷成黄色，是因为念佛吧
哦，这就对了。由无形走到了有形
形式与形势比人大，像一扇窗框
你我本质上就是从窗内往外看的人

受

真正能"受"的时候便是可以随心放弃了。

跨历壮年，看到师友、亲人凋谢，

生命因有限而忽略差异。还争什么名利，

或者忽然觉得自己的所见所识原是更大的迷局。

置身任何一处：空气，人声，温度，速度。

"受"的信源如此之大，唯独心绪可以疏漏。

如我，与好恶无关，与有无无涉。

如同感受遥远的具体而琐碎的你。

想

你与太阳之间，距我远的当然是太阳。
但失落的王孙却叹息：举目见日，不见长安。

当你想一个人想得太苦，你会感受炽热的太阳更远。
可你从不会去想，太阳也孤悬着，也有燃尽时。

"想"本身有时如阳光普照，有时如淫雨洒落。
它将每个个体浴洗剥离，光一束，雨一滴。

我们从来的地方来。畏因也是，畏果也是。
有多少时刻我们胸中怀着爱，嘴里含着香。

想足以调动我们所有的脏器。气沉丹田，
让肺腑颤抖，声音向上发，如同唱起一首歌。

行之二

我得说说露台上的那株迟桂花
迟，是另一种相别的缘由
叶尖出现了焦枯，显然是病了
隔着时间，冷热和不经意的无语以对
树的修行一直高于人，不宜挪动
却注定与不肯消停的人同在路上

法

写诗的人只剩下躯壳，灵魂已被抽走。
从第一次沉吟或长啸开始，
锻造声带的颤动拂动草木
如犀牛群奔跑让大地颤动一样。

事实却是，因为沉湎于细节或声名而变得猥琐。
你能忍心描绘那般重重心事的因由吗。
明亮而清冽之源，到最后注入幽冥与浑浊。
你从中看到了暗流，比造纸厂的管道还要污黑。

我有二十年与诗相忘，就像告别无法驾驭的情人。
她之于我，应该是粗放的，易以了结的。
而流沙经由张开的五指，灼热，有韵律，
仿佛自然之法，临水顾照，真正看清了自己。

空相

依我所见，空相就是突然间醒了。

你觉得树也繁茂，空气也柔顺。

你不与人争了，相反，你想呈现出友好。

你就是有与无之间的一个蚕丝做的纽襻。

此生何其难得，爱与恨的召唤同时抵达。

你走在街上，奢华便是奢华，简陋便是简陋。

你好像必须带着荒漠旅人的皮水囊。

有水就好了，有人就有生机与活泼了。

这些瞬间的温暖如水蒸气迷蒙的图景。

空相的旧居，收纳着你孩提时的啼声。

你在静静地听，穿过无形的过滤之网。

空间的真相打开了又复收拢。

像睡梦中的眼睛所见的不可思议。

紫檀柜子里的衣衫少有虫蛀，散着酸香，
空相就是有可能要包裹你骨架的衣衫，让它挂着。

生灭

有很多时候我只能无所表达
眼前浮现片段偈语，如穿堂的秋风
往往，我会轻轻抚摩自己的双膝
它们磨合太久了，爬楼时已隐隐作痛
我从静止的膝盖看到骤然的跃动
联想着制作船帆的人与海浪的那种关系
我向寂灭致以注目礼
这当然是无所表达，无所穷尽
抬头望天，照样是风卷残云
地上的微粒也对应着挪移
像一场壮年情感的季节大迁徙
可以称之为怀远，反义词是亲近

垢净

给予烟火气赞美词是契合诗性的
古人随便一聚就会喟叹"欣于所遇"
欢欣和珍惜肯定是洁净的
洁净的明光像母性一样具有排他性
抑或说，污秽如影随形，似起床时的哈欠

所以我无时无刻不揣想光洁的你
我铭记着细枝末节，并认为它们珍贵无比
烟火气必定有其与生俱来的智慧的兰芳
众妙之妙，世间如此安详
呵，我爱苍生，沉湎如同熬制丹药的道人

增减

比方说吧，当你新增一分爱时，你就在
减持你固有的恨。同样，你看到一个圆圆满满的
人，尽力遐想，你不得不貌似空瘪
你难以积存啊，如枯水季对洼地的亏欠

道

一个极度孤单的人最多想的是什么？
可能会是一步步走到终极的景致。
林荫大道，抑或羊肠小道，金叶或丑石。
甚至光线和气象都已不再值得关注。
只是走去，日复一日，身无一物。

回到人群中可能会是另一种暂息。
五谷杂粮，气浪似的在它固有的频道中鼓涌。
佛也如此。假设他一直坐在菩提树下，
我们从何知晓他证悟了什么，也就是说，
极度孤单是逃脱人群这一自媒体的不二法门。

真理也会泯灭的。道不带来，更不带去。
如痴心的女子，为一份明知无果的情，
跋涉千山万水，吃简单的饭食，

无业无证，迎风落泪，类似盲流。
我们又何以知晓这样的方式是残忍还是慈悲。

徒耗生命了吧。或许诸道并不玄妙，
如能化为静观八荒的乔木该有多好。
一个极度孤单的人是自己对自己的漠然。
这是怎样的心智，丢弃责任与担当，
踽踽游行于化外，人所不见，人所不识。

挂碍

量子纠缠态似明前茶的嫩芽在沸水中优雅下沉。

我们将啜其韵味，并融入其中。

好比情爱，常常会在同一时刻彼此牵想。

两个肉身弹生出此恨绵绵的欢欣的排他性。

那么，能否拥有一种大爱的意念，

可以获得那般更具地气的感应与安慰。

我们的确不能把自己定义为有别于众生。

深入细微，一切挂碍就是垂于枝头的秋天的果实。

从明媚清冽的角度出发

我渴望与你相逢，与所有相识的人肝胆相照。

我已习惯停下来，重复着过很慢的日子，

心绪渐渐堆厚，像凡·高画了一辈子的向日葵。

颠倒

静观者如一排南归的大雁。在秋日里
迢远之途，目的地朗晴，
呈人字形，呈借助于风力的轻盈之态。

我们生来便是动与静的糅合体。
笑与哭一样，也是被迫地依机而发。
在大楼下，永不停驻的人群细小如蚁。

就这样穿过，越过，像一句断语。
也像此刻我等待着你如期到来，
接近于告别，接近于告别后的亏欠与解脱。

究竟

有人对我说，你就是一个农民
一生总得造一次房子
造完了，你心事也就了了

住在里面，培养这种熟悉的陌生感
空间如此强烈地迫压着时间
犹如拥有太大房间的人闻不到自己的气息

这样的感觉其实由来已久
设想一个将诗篇越写越短的人
徘徊窗前，为心头的千言万语经久锤击

涅槃

我不知道涅槃是诞生于民意还是神授。
它与火、灰有关，跟耶稣被钉十字架差不多。
而带着辉光的重生，也即是复活
如此满血，让包罗众生的这个世界虚幻化了。

能理解佛陀证悟的是以涅槃寂灭为目标吗？
就是要圆一门学说，要引导一批人
行走。日夜兼程，嗓门嘶哑也好，队列拖拉
也罢，目的地无二：究竟寂灭。

表层即是核心。似一把摔倒的
椅子，短时间内抹去了我先前的坐姿。
又好似被四处镀金供奉的佛身
无以照见他无主宰无本体的生命之花。

依

什么样的物事值得我信奉
欢愉而非逼迫似的坚贞不渝
什么样的目光可以如此温存
看到春天烂漫、冬日冰清玉洁

我能表达的仅仅是我一点点的心意
如清晨的漱洗，父母的慈爱
我见到的所有的生命既神奇又安详
我感动于满足其中，轻易且单纯

般若

一代又一代人，重复着几乎相同的运数，风一样吹过去。
这被称为有情一期的生命，风一样吹走吹没了。

我是否就混迹在搜寻带着财物逃匿的女孩的那帮人当中。
佛陀在问：寻找女子财物重要，还是寻找你自己重要？

林中漫步的他不慌不忙。那里的风兜着圈，有个来世。
我实际上索求无望，名为苦苦，很想从五蕴炽盛中抽离。

我遇见太多的如法起修。我本身也是，亲证着系舟的绳。
眼前一只彩蝶撞向城堞，翻飞直升，刹那间，越墙而去了。

神

我们大部分时间可能都飘浮在物相的表面。
一条他乡的古巷很魅惑，有青苔，裸砖，秋日的
残枝。思绪因之踅入，并着陈泥和腐虫的气味。

我们在狭隘处并不自觉狭隘。
心神相隔。游荡之心怎能体察到神已涣散。
而岁月本自静好，天光闪亮，普通如蒸熟的米粒。

未老之际，为垂暮时的真情来一场预热吧。
这意味着过去我们所爱过的可能并不是爱。
我们所写的赞词，还真够不上蔚为壮观。

明

我所理解的明就是智慧，圆满深沉。它
模样憨厚，随处可遇。倘若神态悲悯平和，你
甚至可以以余光与它相逢。一生中，有
让你的少年情思激起涟漪所留下的美好，
让你自觉不能承受太多福分的那种克制。

上

现在是不是你最纯粹的时刻
不要去回忆里找，就在当下
从你轻易会触发的感动里，从你
不再反复的对所有伤害和冒犯的原谅里

声称要原谅的都称不上原谅
现在是不是你最唯美的时刻
粗糙的皮表，变白的眉毛，说话的
语调，以及回应以四周律动的柔弱目光

现在是不是你最敞亮的时刻
你的动机已被看穿，像健康那样
真实而宝贵。那从颠簸处归来的身体
安全可靠，如同将船锁定于港湾的锚

邻虚

对面一幢新大楼试灯，我会在平台上站立观看。

隔着防腐木菱形格栅，且一定是傍晚时分。

那一致性的暖色的光，让我联想到罗卡角的灯塔。

天将黑，它愈发灿烂，水晶似的。

在各色人入住前，空空的房间完全一个样式，

改变和发生都在来日。现在是试灯，

我不得不关注的是它在我近边的时空里的拔地而起。

让我历数构成它的所有的物体：沙石，金属，资本，

劳动，以及出于尽量不雷同的设计与企图。

这些东西我看不见，我只是目睹了过程和结果，

就是作为程序的试灯与旁观者的我之间的关系。

无所能见造成了无所不见，

接近于佛学称之极微的那个"邻虚"。多美妙深邃。

由起至止的遇见。明澈的根本处，我与它相邻。

不虚

有时，换一个角度你会突破自己。

譬如地心有引力，但那么多的树为什么往上蹿长。

往上，可以视为虚空，它的引力远远超越了你的想象。

还有牵制你内心的你以为是莫名的那股力量。

它可能正在贯通，抑或本就是与你相应的一部分。

你吸纳了，就该天体般慢慢释放，如火，如爱。

谛

是谁可以、又以何种情怀评判着我们的世界。
他滋生了超等的心智或者具有了足够的体验。
我期待一遇。当丰沛的物质轰然而来
迫使我们付出劳动、撕扯及盲从，
什么样的抽丝剥茧可以通达深秋般的明亮与湛远。

诗人的敏感很多时候是一种过度的压榨。
我们向自身返回，而自身又似流水一样难以标注。
由此我们留意或关注地铁上潮湿的脸庞，
这些拥挤的脸庞不能以枯萎的花朵来形容。
一切都在穿梭，只是各人抵达的站点各不相同。

辑三

短章

亮一亮

我童年的老屋。泥巷。北边一条田沟，长着一丛野枸杞。老曾祖母常常低唤：小勇啊去采几粒枸杞来，我想亮一亮眼睛哎。快要闭合的昏沉的眼睛，让我如何能明了让它们亮一亮的期望。

一朵曼陀罗

想做一个纯粹的人，因为往往难以纯粹。就像
在软红尘世中，不能轻易许诺，因为往往
无法荷担。投向于你，全部而非局部
如同沙地底出现空隙，我的真气
流注进去。不再回来。生命就这样去了，血肉
就这样被你吸去，剩下琴管一样叮咚作响的
骨骼。骨骼还将继续流失
那些又硬又软的钙。与此同时，可能你比我
更具慧眼，看到自己幼童般丰盈滋润
如同后五百世，沙地上开放的一朵曼陀罗

黎明的九行

黎明前醒来已渐成常态，事实上睡意尚未彻底消失。
但心已苏醒，闭眼也只是假寐。这样的时分
尤显冗长，仿佛一组列车失速般驶向幽深的地心。

我常会坐起，不开灯。就在黑暗中习惯性去摸一支眼药
水。清凉的纾解疲劳的那种，然后良久酸痛着继续闭
眼。仿佛看见《心经》所讲的般若，看见紧密轻盈的静。

我还会杵在阳台上，与一棵树的树梢一样平。嫩绿的
树梢一直在动，如同凡·高画的会卷舞的火焰。如此
直到第一批鸟儿叽喳飞来。黎明后的困乏又随之复生。

少时的小巷

别处的小巷，深幽，悠长。以我少年的心事
我会将它比喻为新奇和一切的皆有可能
花瓣一般的叫唤声是突然响起的
它几乎与我无关，也不见润泽的嘴唇
更让我发怔的是它的去向，如桌上点的香
是你呼吸都屏住时才会遇见的细而直的一缕

了了

我的过往，是一头跃动的贪食的猴子
摘起第二颗果子，跌落第一颗果子。这个过程
周而复始。定神一顾，却是两手空空

终有一天，遗落的果子再现，如一张熟识的脸
把我当作稚儿。牵我在老屋的檐下
清风吹过，草叶轻摇。如何不了，如何不舍

怛他叶多喋

带着你牵挂的人，比作手持一朵莲花
在推门之前，你可以分辨一番那阵异香
将清淡木然放下，激烈地颤动
像一名寒士突然遭际了浓艳的红粉女子

事实可能更甚于此。注定要来的肯定早已
来过。真言似轻衫走动，蔬果看着你
你就是匍匐经书上的那条小虫。眼睛很细
却努力睁着，蜇入幽明又怒放的花田

老僧常谈

这样的画面常被描述成至境：古松下，一位
老僧，面对三五求道者。微风起，崖头的危草轻摇

年少的我们都曾厌恶这样的谈话。那时，会觉得
滑稽，假模假样。蹽开脚步，将他们撇在身后

直到今日，自己坐着痴了，白须一动不动，才发现
老僧的关键是个"老"字。世间的道理原来就此一句

大悲的咒

我从不试图去释义。这八十四句咒语
在我的宣纸上是从不分色的墨点。浓得有点
枯稠。不似窗外渐起的妩媚的柳丝
我宁愿将其比作依旧厚实的冻土，或者，是我年迈
而腿脚迟缓的父母，相依着眺望这新归的春天

我甚至无意仰头诵念这八十四位菩萨。大悲的
应该是我自身。香、鲜果、清水，以及这静坐的
姿势应该是我自身。分别心也是一枝花
得有眼力去看，去浇灌。宛如我不知不觉中
把字写得越来越小，去那个极小处，将自己掩埋

大云

大云收费站位于浙沪交界，不禁要读出《普门品》上的
偈语："慈意妙大云"。我尽力描摹过那一扇门。
它并不普通，也不突兀，透散着苦口婆心般的慈祥。

人的中年就是前半生的收费站。我常常梦见那个我侵犯
最多的无辜的人。即使我羞愧得无地自容，却
怎么也不现身，不说话。悲悯如一朵大云飘在天上。

如来圆光

如如不动的如来。《金刚经》说如来者，无所
从来，亦无所去。圆光也如此，不为我
照，也不为我灭。想象那是点于天边的一盏灯
菩萨无数捧着香油而来。色彩斑斓，像仙鹤那样

我始终被引导着，稽首着。顷刻的无念，无力
轻轻推门，那座看似俗世亦非俗世的殿堂
眼睛落到一本书上。翻开，默读。就像
默读自己的心。听到莲花花瓣撑开，吱嘎作响

五行诗之一

我能将你摆放在远一点的地方吗？抛开所谓的心灵
感应。听不到，摸不着。甚至不是同在一个人世
湍流自有往下奔流的目的。我何尝明白某天醒来就坐在
此处了。我自己也向着自己流逝，以一棵棵树作为
标注。想成为寂灭的不再打动你的表达

五行诗之二

我终于安顿了自己，无声无息，一片鸿毛般
落到了它终将停驻的地方。我观察并回顾着我
飘落的整个过程：很慢，很随意，并伴有停顿，回
旋。宛如一拄杖的老汉，宛如高处的佛陀将自己
要宣讲的话先反问出来，满山坡一片光秃秃的沉寂

五行诗之三

有所想时，会发觉其实一天真的做不了多少事。
唯有心愿本身能够日积月累，像书架上的书。
直到堆满，藏不下了，就自然有一个终止，变成
身体的新的一部分。这便是所谓的"起观照智"，
仿佛德化白瓷，烧出象牙黄的白才是白的真意。

五行诗之四

玩世不恭是另一种事实上的爱惜羽毛。

只有爬过雪峰的人才知道气浪意味着什么。

我点香的时候始终是轻微与默然的，

这刹那相续、无稍间断，如阿底峡说

你不生信心，这世界哪里会有信心和敬畏。

五行诗之五

心志是不可被逼迫着做出表达的。阅读会发现
其中的机巧或者廓然善意。我们都
自恋自赎太久了，这个唯一的好是排斥了事实上
也不具备的攻击性。我们得把表达当作难以
达致的绵密，当作辜负了的几缕温暖的午后阳光。

五行诗之六

"我们掌握经验时，往往已错过运用这些经验的
最佳时机。"回归自心也如斯。当你的感受真切
浓烈，它已远去，深谷余音，可能就是
灌溉诗歌荒原的一道灵泉。"我们用辞藻去
缅怀。明知道所触发的虔诚并不宏阔，且为时已晚。"

世外

苍山间坐久了，站起，还得掸掸屁股上的灰土。
这应该是你心头的微尘。这种做隐士的意念
一经生起，山也重重，草木也朝另一个方向摇曳。

与在红尘中的利来利往殊途同归。你怎能真的抽身
离去。动静太大，仿佛几千年前的那个许由。他要
用风来洗耳，用水来洗耳，用为了洗耳来洗耳。

我与你暌违已久，所以就根本谈不上分别。站立
苍山，有情无情永远不在了，像你深爱过的
那个女人。繁花散去，留下褐色的难以久存的果实。

气·浊

人开始历事，浊气就增多了。滞留不归了
我们像被毒气熏过的树枝，突然间面容
枯萎。形而之上，恍惚之间

肺腑所吐也不再是纯净之言。老中医相当于
心灵导师：用肚腹呼吸。呼出前先停顿，把气
顶出喉管，施压，到脑囟门盘桓一番

医术辩

清晨。与普二科主任狭路相逢。他是被卫兵簇拥的
拿破仑，是我病患中的老母亲的庇护神。我送他一幅小字
《心经》。你会写这个？他疑惑着。意思是得承认我
也是一名手艺人。我排摸着如是我闻中的一绳一线，正如他
用火炮和佩剑扫描于腐变的五脏八腑。唯一的区别
是：我的手艺是录制，他的手艺是摘除。

罂粟籽

剥开罂粟壳，沙漏一般，向你倾泻出如此之多的
罂粟籽。细沙，白色，或黑色。而在此之前，壳的
四周是花朵。烈日下，黄的灿如玉，红的艳如血

开吧。我们总以为自己始终在盛开。人世的花朵
那个坚壳更薄，更脆，像极人老暮时的皮肤。花籽
倾漏，是因为四周陡峭，形似西北人所称的"塬"。

山道

旧日开凿的斜道，每天有这么多人上上
下下。如果你有一双可以看见过往的眼睛，
你会发现所有脚印都有厚度，重重
叠叠。高于山峰，高于我们的视野。

修行也是如此。你低缓的声音匍匐石阶上
变得有形、具象，宛似岁月的苍苔，
松软而凝重。尤其是雨雾中，它们
滋长起，漫过你的心，漫过山顶的佛塔。

生与死

生与死好似一枚硬币的两面，抑或本身就是
一枚硬币。我们常常不屑去参悟它是否真有价值
把它揣进口袋里，生怕一不小心掉落
那掉地的金属声，绝对会将心脏瞬间震碎

生与死又好似山溪中的一块岩石。我们在所有的时间里
就以流水的形式碰到了它，撞击了它，其症状似乎是
非遇不可，绕开不得。但我们居然不无选择地
顺势绕开了它，朝着下游，哼着歌，欢腾地流去

秋光

此生无缘便是缘。在如此清朗的秋光里，我以歧路挥别的方式
将你安放。除此之外，我缄口不语

时常行进在诵经的人群中。遇见就是一场世俗的洗礼。顺风走
檐角的风铃在身后远远响着。呵，秋光怎会如此清朗

八行诗之一

一批人归向于一个人。他此时

正走过我面前，气喘吁吁，神态疲倦。

我想赋予他一种简单的举止：慢点

说话。即使他吃了莲花，接着吐出莲花。

我还想减灭他的想象力：一切皆是

实相。遇见的飞蛾比任何一年都多。

飞蛾嘛，可以向着幽蓝的微光匍匐前行，

确信自己是所有人中心跳最弱的一个。

八行诗之二

我们可能会因为诗歌而相亲。我是说
有可能。我们并不是在培植高贵、美
或者其他普世的价值之花。这一切
都不需要殚精竭虑，皓首穷经。我们章鱼一样
的触须是在海底搜罗腐尸与珊瑚虫。某种
锐利，在切剁溃烂的胃，剥肠壁上的息肉。
阅读的举动便是要挪移它们，譬如
移到一棵老树，成为纹理诡异的瘿结。

八行诗之三

我们的生产关系有一百六十年没变了。我们的宇宙
也已一百三十八亿岁了。星际生物可能是一种
重塑，或者有可能接近宇宙的本体。怎么可以冷漠、
无知于这些革命的春光烂漫。这些互联之花经脉
细密、结实，剔除了话术的美化。证实
我们还够不上谈及收获并自以为读懂了世心。
唯有否定能保持住我们的真。这种真引发内生性
的推动。有情有怀，可以用丰沛、很具气场来形容。

八行诗之四

当我温柔的时候，一定是心中有想。
但并不止于缠绵如一曲突然的小提琴声
贴着纷纷飞雪覆盖住三朵四朵粉花。
也不是对得而复失的物事的再度期盼。
我温柔时不会有爱意层层包围。
我只是有所想，心一下子软了。
就在目力可及之处，堆着我犯过的错，
语句恳切，仿佛给我一生写下的定论。

八行诗之五

事实上，要达至清醒的状态该有多难。
而蔑视与不屑最为廉价，甚或不名一文。
你瞧，落入你眼的一草一木常常受尽委屈
我们以色弱加暴力的方式将其比拟。
当爱存在时，我们只是为自己感动涕零。
任何一种无力和无奈都有其浅显的道理，
正如我们回首往事，喟叹人生苦短
手拽住断舍离不放：只是发生过，不轻提。

八行诗之六

年少时就沉陷孤单，想与同样孤单的写诗
的人发生交集，却始终貌合神离。
这样的状态一直延续到现在。我肯定是
发现了有什么东西不对劲，远眺着
却又似乎无法用语言来描述。尤其是
我所见的风物如肚腹般柔软，而那些东西
却依旧板结，生硬得像一个仇人。
我常常深感惋惜。惋惜于语言矫饰了神志。

八行诗之七

往往，我们身处的困境可以无限度扩大。

而欢聚之时，因为有群，人人

亢奋、抓狂，好似超能附身。那是

飘浮的与自身没有关联的姿态。

沉溺其中的理由太多，以为万物更替

信仰和谦卑只是酒后的甜点。除此之外，

幻象也越长越密，不是亲眼所

见，不是亲耳所能听的低至于无的声音。

八行诗之八

与植物相比，我们缺少对土壤、水和阳光的
依存敏感度。把可以随处游走当作一种独有的
乐事。并以养分稀少、皮表干燥及内心
阴郁为自带性病灶。所以要竭尽所能，接近
绿叶伸展、花蕊绽放的那分盎然和芬芳。
我们如此脆弱、短暂，一切的善意或嫉愤
都难以恭呈，难以排遣。以致当庆幸来临
时，我们常措手不及，甚或还在哭嚷、绝望。

八行诗之九

这人间鲜活美好的东西太多，我们去靠拢和
享用尚嫌时间不够。手掌宽厚的人
远隔千里，却依然可握。且从不刻意否认
年少时曾轻狂无畏，谋划或参与了一场场
无从自拔的迷局。太晚，但我们总算看清了。
不可轻视你的真诚。仿佛念叨着，天长
日久，遇见想遇见的人，发生想发生的事。
这一切向来无法改变，我们又怎能常放心上。

八行诗之十

处在尘世中，想一些尘世外的景致，
这就是一个普通人过着的普通一生。
别把自己当作遗落的珠宝，有多
昂贵，要被注目、被佩戴着幽幽发光。
才艺老熟了才会明白初心最美好。
这个过程中树木的年轮越长越密，
雨水落了无数次，像无意识的思考者
用语言说出"我"，比具体的指认容易。

八行诗之十一

"享受过程"这个词，无论出自谁口都是一番
不让人听的腹语。当事者始终纠结着，摆脱
不了思忖那个悬着的注定不如意的结局。我们
无从回避内心的动机——再美的刻意营造
孤零零竖立在外，遮掩或者貌似强大。我们
各取所需且不够宽容。如同诗歌的难：看似你
进入了一个境界，但实际上却远未抵达。
谁会真的深信有这样的一种动机柔软如婴儿。

钢铁与冰

我决定结束写诗的时候，节气已过了大雪
我已不想再摹绘那些变了色的银杏与枫树所积蕴的
气度。你终将会变老，但你并不一定慈悲

结束写诗比开始写诗更为舒坦。我遇到过
真正强悍的人，模样如钢铸的神。但冰块也曾
坚硬。你抱它回家时，它已渐渐化成了水

粮食之香

在真实中掘进，自会克制自诩为先锋的行止。

我不知是否真看透了性野违俗与不合时宜的差异。

完美和准确，如果存在的话，应该仅在未来被发现。

怎么可以不为为了生存而永不停顿的劳累感同身受。

点香自熏的人，注定不屑于了解香的本源。

那是粮食、庄稼和太阳，消除肠胃的饥饿的快乐之声。

心如壁

能知晓达摩面壁十年不是为了破壁就
好了。心朝着石壁跳，发出回声，然后
吸进石壁。心如墙壁，不动了。
我们的过往何尝不是如此。寓言中的
愚公，他的慧根不在挪移大山，而在
悲壮又无法释怀地寄存给子孙。我们生来
是这一路人。收纳了众生、草木和爱意
才会平平静静地与自己的初心相遇。这一
相遇，五祖说：即名丈夫、天人师、佛。

一切现成

已经没有什么文字能够直指人心的了。

有所期许的人，只是在努力雕琢有限的语言。

还得明白必须尽量简洁。简洁

是对世间繁复花色的尊重。

也是最直接的用力散透自己的方式。

既然以心相托，以难以断灭的挂念安放。

辑四

关于酒和他乡

大香林

一棵处于林子中央的树树龄最长。他是一位
厚道的兄长。四周的树聚拢来挨着他长，谈笑
风生，饮清溪，嚼野蕨，青石垒屋。这便是
大香林了。当他停止生长时，兄弟们还会有更多
茂密之枝叶，香气浓郁，沁我心脾，沁我
布满皱褶而喜悦的皮肤。我多期盼看到
这样的兄弟。携着自己女人的手，大香林
老嫂子的手。八月天长，秋高气爽。走动了的
树啊，请去湖塘的小厂搬取我新酿的桂花酒

小酒厂
——致 FL

兄弟，向你袒露我的心迹吧
要说我从未有过身居庙堂、妻妾成群的念头
那恐怕连我自己都不信——但毕竟是
丝毫而已。你我都没机会靠近过此等危局
我真正做梦都想的是开一家小酒厂
它砌有刷着白垩的矮墙，大门是电动的
晚上合闭起，就像一个带院落的家

我喜欢那种与谷物为伍的感觉。这，你是
知道的。三清山回沪的高铁上
望着窗外一垄垄晚稻，我曾告诉你
当年我披发归国，辞去教职后独坐田坎
久久凝视沉入稻田里的落日
诗兴复又喷涌，那一束束低垂的金黄
稻穗，让我顷刻联想起了滚滚的热泪

我们失联有十来年吧？我那是在
构筑我的小酒厂的途中。对的，途中
皖南的一丛竹林后面，有一泓
溪水汩汩向我淌来。倒映着一角蓝天，几蓬
衰草。我用心和嘴唇一起品咂这细泉
赌注就在丝丝清甜悄然滑过的瞬间投下
是的，兄弟你是深知水之于我和酒意味着什么

我以为魂魄有了着落，购一方异乡的土地
使我常常远离故土，像一个
被放逐的囚犯。又像那个想开山辟路的
愚公。那种要酿出美酒的欲念，浮沉于
空气、湿度、温度以及酒曲之间
肉眼所无法窥视到的微生物、菌群
这些精力旺盛的天使，抑或说是小妖，日夜
在我酒厂梦的蓝图上纠集、狂舞

我想我大半辈子都在笨拙地酝酿
如今将酒糟和酒坛当作笔纸
而酿造酒相当于创造了
我始终会有些忐忑，也可以理解为迟疑

就如兄弟你写诗的风格是大开大合，倾情铺叙
此刻却要你突然收住，把热量
收回内核。你能想象我热汗蒸发的那张油脸

我还设计出商标，也就是一种象征身份的
标识罢了。灌注尽可能多的源远流长的文化
细菌。所有人都是这么热闹地强行干的
我还试着将糟糠放进锅炉燃烧
基本属于得不偿失。员工散去，厂门复合
那时我特别期待风雪之夜，我端着烫热的
酒杯，透过梦幻般的琥珀色见到你踏雪而来

我醉卧在自己所设的迷局里。小酒厂
枕躺的两座乳房状的黄土丘，似乎早过了哺育
之期。清溪边的衰草如情人老去
便成了我的家人。兄弟，我们从不轻易谈及诗
就好像你的女儿如花似玉，身披霓裳，且歌且舞
不经意间你已付出了毕生心血。想到她
出嫁时，你得为自己准备一块手帕

白花仙人球

仙人球的白花应该开在南美的烈日下
稀少之人，肌肤比黑色更纯正
不似我这边时时被脆弱的光线搓揉
刺和棱角太多，白花为抽离的花茎鼓撞

我以为你刺破了关于美的概念
赋予一点孤傲的钢铁性情。在小镇的街角
似号管的喇叭状，线条弓弯
吹响行游于瀚海的灵魂与冥想

这是份独有的闲情逸致。自我陶醉的人
把你比作青涩的伙伴
空气霉湿，与原有的晴澈保持距离
然而时光凭此发酵，深情好比原酒的醇香

关于雪菊
——给 HT

接过你递来的雪菊。在北京，初秋时节

一处紧接帝王气之地。石榴花艳艳开过，结在枝头的石榴

并不热闹地沉坠。锦鲤鱼以红色居多

缓缓游于青石缸中

还有幼竹，青翠动人。在初秋依然燥热的向晚之风里

我坐着。静等着。往事历历

梵音响在耳廓。竟抓不住

近在咫尺。你递来的雪菊

是一份礼物，宛如告别时的握手

生长在昆仑山雪线之上，遥远而高峻的雪线

白光。和着冷寂。仿佛我真的蠕动着身

是一种不得不纠结的果实。干花。干瓣。集聚并汇拢来

深藏着一生的寒冬记忆

何人唱着神曲，靠近于它。让它

在北京的又一个初秋盛放。沸水之中

色泽如琥珀，清香幽幽，花瓣儿滋滋润润摊开

如一张张小小的笑脸

在向晚之风里，在清脾益身的世俗赞许中。端起茶杯

爽水入喉。昆仑山的风暴

归于我的讷讷言语中。天碧蓝

有泯灭的兄弟

有绝世的真谊。走过，难于再遇。阳光刺眼

朵朵花儿禅意般迎风摇曳。雪线之上，或者就是雪巅之上

我已半百苍头。不得不欢喜这样的重生。看似结束了

仍在前行。或者结束本身也是种活着之姿。石榴花艳艳开过

前世的亭台楼榭。旧青石砖。小鱼儿的动态

即将倾倒的陈年老酒。好似

笑脸晃动。很长的时间里。接过你递来的雪菊

兄弟

沱江。长江。百子图。明代老窑
仲春时节。兄弟宴客，频频
举杯。直到沉迷，高歌，狂舞
他的女人搀扶着他向我微微而笑
满面如春风早至般的歉疚
而我称道，兄弟是一棵
老梨树。今夜绽放了满身白花

似乎太容易找到沉醉的理由
快并乐的理由。我饮少辄醉
难以深入，难以领略那一唱三叹
跌宕起伏的过程。好比年华老去
一次次错失对其细致的品咂
于是惊醒。看到兄弟
长身玉立，他身后江岸的岩壁
一缝一隙为杂草繁花所掩

过南溪

车过南溪。依江而行。上游长江
细水。碧水。激水。小冈平坡
靠着小冈平坡，结籽的一片油菜
错落于嫩绿的一片水稻
林木随处，依次紧挨。柑橘、银杏
桂树、榕树。更多的是竹子
一蓬蓬竹子。新竹总是高窜出竹丛，细梢
一概向根部垂弯

滋长万物的蜀南之地。来过
记存如此真切。于我，不妨将其比作
迷人的沼泽。深陷其中
显然换了种活法
眼中氤氤氲氲，恍恍惚惚
碎花似的人群涌现，纠缠

不屑一梦。好像那个从七星岩下坛的

神人。白色的风中飘荡的羽扇

汲泉记

老晏带我去山中汲水。山穷处。越野车
停在路尽头。微雨，往崖边下，山径伏满湿草
开红花的树枝横生而来。撩开，再登高
一切豁然。望见酒城一半的原野，竹林间的
炊烟。而在脚边，青滑的石壁上
一只生铁龙头已放出山泉来。清凉，微甜
虫鸟不鸣，流泉似在壁缝间萦绕，回声轻细

十步外有一歇脚平台，依崖搭有小观，板门
咿呀。有土灶，铝锅，可以煮茶，取暖。竹凳上
有行人留下的泛黄的纸币。主人偶可遇。青衫
精精瘦，有点像老晏的那位远祖，却温煦，喜讲
笑话。我独自在观内踱步，吸一口缓缓
飘来的山风。然后跟着老晏到门外
拔除衰草，又来来回回将松软的泥土踩了踩实

不是独行

很长的时间，看似是独自一人，好像一个行乞的老僧
他有粗糙缺口的瓢钵，一颗犹如苦艾草一般的有药性的心

我又入川了。情不自禁，有无数的不舍，需要
如悬棺那样搁置于危崖，于仪式感中瞻仰并腐烂于危崖

风儿缠绕我抄经的右手，我的越来越听似无力的说话声。
春花如梦
兄弟探视他噙着泪的老母，那是在半途，路边的豆花饭
又辣又香

我们默默前行。更多的牵挂如一排排树木从两侧迅疾后撤
停驻到被复活的古镇溪边。聚拢来的人，如老僧瓢钵中
晶莹的米粒

蜀葵

一枝蜀葵，像一个内心平静却屡被怀疑的外乡人
花苞如此热烈，摇动的身体如此激荡。我起先并不
习惯闻它的气息。微醉的夏晚，川藏交界处的
坝上，转经筒轻响，仿佛是我孩提时系在手腕的铜铃

仓央嘉措写过蜀葵。我想，他第一次抚摸它们多汁的茎秆
一定是在盈盈的曲松桥畔，也是个赤子，躺在他父亲
天籁般的歌声里。世人念叨的是活佛与一首首情诗
如此鲜活。半夜逃离布达拉宫，宛如我触手可及的这枝蜀葵

蜀西楼

穿出鲁家园花了三分钟。雨夜里
蜀西楼的霓虹像手臂一般弯伸过来。
我的第一顿川菜就是在这里摆开的
泪水和酒一样辣中带香。这肯定
不是初恋的浅尝辄止。直到
次日凌晨，我从酒店醒来，为寻找
醪汁蛋，又游魂似晃回这里。
独坐街沿的那一刻，我心满意足。
得信服你所见的。这夜宴的兄弟，
二楼靠窗的一角，甚至我过来时的
短促巷口。故事的即将发生
绵长而又浓稠。一个人能有几个
这样的异乡。这开始和延续
让胃颤抖，让一生的口味变重。

栈房街 56 号

自小在这里长大的人已很少回来。当年
提起，是金沙江发洪水，拍出电报
询问水浸漫到窗框的哪个位置。我
轻叩门扉，我是被各种机缘合力推动
代表着离开和回探。我穿过院子
在正厅磨损的青石板上停下，要与老人
握住了手合影。背景上几扇窗板翻起
江水极其温顺，如老人低哑的宜宾话。
那种低哑里的颤动，应该是强调
相隔太久、岁月太长的意思。我已
看不到院角的柴薪，楼上的山客，对面
小货船的即将划动的桨橹。老人的胡须
真的比雪花还白。这种白，若非
此情此景，我怎会去想该来的人为何没来。

宜泸慢船

川人可以因某种成见，拒绝沿江东来。

但作为上海人，怎么样都得来一次只身入川。

像我，是在"高速"和高铁尚未通达的年月。

在长江起始的码头，搭上旧式的宜泸慢船。

与盛着海椒的箩筐、伸长头颈的鸡鸭，以及

浓烈的叶子烟、高八度的川音混坐一起。

乘客十分稀少，只消用很小的动力，顺流

而下，慢得好似竹椅上摆龙门阵的老人。

比上海来得早的春天，散状的嫩黄的菜花

随处伸探，仿佛平行的岸触手可及。

我亲历的江面那一天特别平静、清澈，

可以看见江底的岩石和游动在石头下的岩鲤。

我起立，想象几千年来的川中骚客也这样

站着。眺看我们还未冲积成的滩头，

这种地域的不确定性一如我迷惑于此间的

麻辣，费人思量的酒香秘方，始终在高
水平的出生率。而后来的我们曾弥漫过
半殖民地和大亨文化。似乎出海口
总显得宽绰一些。距离太远了，怎能轻易
理解这样的同饮一江水。那是无法更替
的上游呀。我所遭逢的成为绝唱的宜泸慢船。

玛尔巴说

终于听到善意的劝诫：离酒远些。那劝我的人
刚结束辟谷，身体羸弱，说话也轻，凑我很近。

我可能忘了新皮质被麻痹时，旧皮质会猴一样跃动。
我只是发现这取之于腐果或杂粮的液汁像时间，一去不返。

我还隐隐听到玛尔巴对密勒日巴说：帮我把剩下的田
犁完。随后又听到他说：来，把这一碗酒喝完。

哪儿有业力，有以命相托、相付的长远的因缘？我的
血液里缺少化解酒精的酶。唯此，醉与醒都是难得一求。

灵魂话题

有人跟我聊灵魂一定存在的话题。

这个与生命同行的多么亘古的话题。

那是秋分前日，在我寻找一处黄酒厂的途后。

在此之前，烟雨缠绵，行车水乡，

因为道路蜿蜒，感觉走了太久，毫无尽头。

然后出现直道，两侧水田长满荷叶，

弯头的、卷边的荷叶，落花了的黑色的莲蓬，

带石栏杆的拱桥，像祠堂一般的黛瓦亭子。

有更多的水草，更多荷叶石臼的摆设

一路延伸去，直至黄酒厂的锈铁门。

我因为荷塘肯定忽略了那扇铁门很久，

以至于后来说到酒性时我也忽略了

它醇柔背后的刚烈。仅此而已，极少的

在一家水汽迷蒙的酒厂谈着走来走去的灵魂。

正好掩饰了不善饮的我与酒之间的纠葛。

仿佛一曲为幻想所做的小提琴与钢琴的协奏。

我梦游出去，再在它的尾声部惊恐地折回来。

哦，多么令人无奈的来去走一回的话题。

接近于把荷株比作一个个从西天请来的金刚。

它们是来观赏我们的，生成撑开的伞状。

又接近于认定黄酒的灵魂是鉴湖水，

而鉴湖非湖，它是河汉，十八条水系，

有不少已窄小的让渡船失去了存在的空间。

我几乎都到过，像一只只空的积堆起的酒坛。

弘一的小院

悲欣交集呵。如剜心刀，冷白，滴着热血
又如秋日的黄菊，于暖煦的暮光里，艳然
灿然。弘一吃力地往小院再抬了
一次老眼。心念的小院。劈柴，洒扫
和枯站的小院。如今我看来，它便是普通的
南方尘土，长着衰草，不干不湿，适合聆听
老头荒寂的绝唱。适合平淡无奇，毫无
表示。木板床渐趋静止，缝衣针和陶罐
比笔墨更靠近于枕边。这个风华绝代的
人，在我印记里，更像是我临终前
骨瘦如柴的老爹爹。他关心着停在
院子里的自行车。问车锁锁了吗。也
就是问可以滚动的轮子强行卡住了没。那时
年幼，老人撒手人寰时我竟然在
熟睡，是个在场的缺席者。此刻我

走出寮舍，看不到我所无法看到的。应该

长长出口气，一样敞开的小院呵。云天之间

尘土之间。我能听到多少句动情的遗言

西山橘子

橘子不能像想象的那般红。青中带红是最好的时光
女主人从山坡上摘了一蛇皮袋送我。因为雨
我一直待在房间里望着迷蒙的天，以及不远处
迷蒙的太湖。青中带红的橘子连着枝叶，枝叶上沾着水

不记得在中年的哪一刻要做个孝子。不记得了
林屋洞的梅树得冬天来看，大观音寺的金像也将在
明年二月开光。我牵着老迈父母的手，只有趁雨歇
到林中慢慢走几步。呵，橘子不能像想象的那般红

孔望山

孔子带着俩弟子缓缓爬上山。那个小丘
从此就称为孔望了。在海洲之东。佛陀的
摩崖造像尚未开凿，因此他触摸的石壁
还是荒芜的样子。树木矮小，杂草丛生
他似乎并不经意地望着他要乘槎东浮的海天

当然是仕途不畅。有点言不由衷。他咳了几声
嗽。起风了。弟子问，老师真的看完海了吗
孔子喉头咕咕，却始终没有说话
四边的寂野，农人零散，一位挂锄头
斜望的老汉，朝他端了端盛水的破瓦罐

息心寺

来到这里，想遇见一个息心的人。从外表上
看，他可以是毫无生气，老态龙钟。甚或
獐头鼠目，行藏猥琐，宛如枯池中委顿的残荷

将心息了。不见日头，明月，街巷的灯
连是非心也息了。随便吃饭，盘念珠，骂娘
自己动手把罗汉堂拉捐助的红横幅高高挂起

他走过我身边。我浑身无力，如同被废了的
练功之人，百骸懈松。散透了的一切
真好。可以看见，木鱼虚着心，钟鼓空着腹

冈合西路

偶遇这么一条路。离开射阳之后，那个羿射日的
地方。碎风碎雨将我导航到此。两侧水杉林
好似风琴的竖管带着蒸腾的水汽与光亮
瞬间，我似乎觉得天际也闪过教堂的彩色玻璃
寂静如同祷告的一条路。宽恕的一条路
适合掩映恋人，出诊的乡间医生，做梦的
孩子。林带下的土坡，遮挡着另一边的水田
满坡鲜草，夏晚紫色和白色的野花，宛如我
偶遇的盛放的心。朝着路尽头渐渐变宽的弯道
嘤嘤低诉。--生不能再走第二次的碎风碎雨的路

禅椅

做红木家具的老友告诉我，现在定制禅椅的人
多起来了。在八闽大地的仙游榜头，我曾
一家家吃着打卤面，去搜寻我喜爱的
简洁造型，如明式圈椅，曲尺罗汉床。灵芝画案
是个例外，它繁复花纹的凸雕是对我
蝇头小字的迫压。我可能就是欢喜身处这样厚重的
无声迫压里。至少数百年的游历，淡淡酸香
可以驱散软体蛀虫。旧书卷也可以舒适地
休憩。但禅椅与我无缘，即便身处前辈的客厅
他的椅背依然距我很远，包括他具通感的
如如不动的坐姿。想象他飘然而上，又轻轻
落下。我毕竟是半途折来的，而且
不止我一个。我可能只是一种声音和手印的
传递者，就像风驮着花粉行进，又像一块
导体矿石，感受着前后两方面的力量与

147

关怀。我无法带着打禅之心

坐上椅子。往后轻退一步的谦卑，可能更具我

生命的本性，是共同见证的坚持不懈

简洁得接近于执拗。类同椅子下一杯保湿的清水

白瓷的街

临别德化，在街口的酒楼点了红菇吃。
正午日光暖中带白，移动于街树的叶梢。
我有点想留下来，从面目差不多的店铺中
找回我驻足最久的那家。
小城的偏僻与我心愿的久远是一致的，
而到达却是如此突发。
纯白之瓷肯定源自泥土，这种白色之土
绝非我的目力能及。各式各样的菩萨
呈现着，天长日久，小街的简朴、平和
有赖于感受着泥土里深藏的白色的情。
少年人奔跑几步，就穿街而出，那是
比较开阔的丁字路口，经过
护城河上弧度如无边之眉的唯一的拱桥。

香积厨

还得说说不经意的慈悲的香。在冬日鼓山
我盯着千人锅台上"香积厨"三个印刷小字
看了半天。这个时间，超过看藏经阁里的
血书，更超过看一边山坡上游戏似的
摩崖石刻。淘米洗菜的老石槽给了我光滑的
描述。真正的粮食之香。你得想想
会不会是这样的场景：饥肠辘辘的人群
漫山遍野。如何能让他们失神又
怨恨的眼睛变得清澈、安详。大和尚就是
一个火头军啊：我弄你们吃。
更多的人捧柴火来，烧得铜锅热气腾腾。
我联想到午间的农家乐，一路陪伴的表兄
阻止了我想略表一下心意的举动。他
嘀咕着说：这怎么行这怎么行，我们是亲人哪。

读特拉克尔

欧洲的好在于它对自己的改变不紧不慢。
在萨尔茨堡，我所见的乡野景象
与特拉克尔在世时应该是差不多的。而
特拉克尔的好也在于他没有因
被这些景物牢牢盘踞而心生麻木。他只
活了二十七年，能漫游的地方不多，也不
可能太久。小村庄用孤寂包围着他，
乌鸦在灌木、榆树和栅栏旁啼唱，而
教堂的钟声他竟会用"幽蓝"一词来形容。
他一次次在林间遇见了钟爱姑娘的灵魂。
这样的场合唯有诗可以作为邀请者。它
诉说着每幅不同的画面所不能说。看似
阴沉，却敬上温热的果酒
并最后说：心呵，愿你此刻更怀爱意。

龙达

常常，我们得借助自然之力稍稍收敛一下狂躁。　　·
但不一定敬畏，奇诡如龙达，海明威只说它适宜私奔。

埃尔塔霍石桥无乐可享。峡谷刀削，峡壁如血，
所有白屋中最早的那座，人们形容它是一颗白色的种子。

罗马人与悬崖一样高。以后聚集来土匪，斗牛士，卡门。
好像是被逼迫，避难，与河流、食物发生了一场邂逅。

谁相信一个人最初卷入世界的方式会陪伴他的终生。
那,生于龙达,肯定比来到龙达更懂得险峻与逃离的含义。

罗马城

在杂乱的罗马城，我等待一场不期
而遇。这基本上是与石头相关的，
废墟，立柱，神话中的力士与鬼。
一个广场就是一个事件，譬如
西班牙广场。我走累了，坐在街沿
想象那些入侵者的队列。观光的马车
也聚集于此，马蹄踩着方块石子路
马鬃铮亮。马粪在没有干结前，
臭味刺鼻。我就在人与马的气息里
看到了恺撒的白色长袍。他的面容
润红，好似中年的情爱。银杯里
盛满了果子酒。果子腐烂而
酸香，就如同这燠热而净澈的八月。

格拉纳达

我知道摩尔人跟我相距甚远。相信
如今的穆斯林也不是他们开的枝散的
叶。他们来的时候，绝不会想到
他们离开的地方千年后冒出了石油。
他们是呼啸而至的，披荆斩棘，抢占
一个比一个更高突、更孤悬的山头，
用黏土和碎石筑造宫殿，瓦檐与屋顶的
饰砖上，耀闪着数学和几何的清寂之光。

我是个缅怀者，也是个莫名的被征服者。
苍蝇不是这样的，巫师死的时候
往往比常人更悲惨。他们一定预言了
什么，点着盏阿拉丁神灯。我想遇见的
摩尔人散居在山洞里，据说肤色
接近于斯里兰卡人。他们似乎智慧衰亡

却活在祖先对理想天堂的叙述里：

低头可以喝到清水，抬头可以摘到鲜果。

塞维利亚

祈求你快结束这一切吧，我的美人。
别跳了。弗朗明哥舞怎么尽是跺脚与打
快板呢。呵，铁做的鞋跟，火一样的
眼神，好像与地皮结下深仇大恨似的。
我不喜欢太造作的东西。那都
太过细小。而美人与扇子背后
那帮大胡子的老弟倒是生机勃勃——
表面像木偶人，面无表情，敲着鼓，哼着
歌。对了，就是这无词的伴唱
像沙漠中快渴死的人的哀求，更像是
掉入陷阱的野兽的啸叫。会吗，吉卜赛人
应该就是阿拉伯人，更可能就是
摩尔人。他们的快乐与痛苦
都距我太远。我是来自所谓的更东方
在那个世界里，我站在表演者的

更后面。我甚至不会哼唱。

兄弟，怎么会有这样的机运：遥远处有人

会注意到我并开始凝视。好比

我现在盯住你们的鼓皮，紧绷着，沉闷着。

佛罗伦萨

有人把它译作"翡冷翠"。

这是诗人的通病，喜欢将大千世界具象化。

也就是变窄，变僵，以艳辞藻思而自美。

但丁故居外墙只有一尊小头像。没有神曲。

而不阅读神曲只观摩但丁的面部轮廓

于我是第二次，再度地确认：诗并不代表一切。

高于文本或意境的应该是人的情怀。

诸如悲悯，诸如不虚情假意，不自命不凡。

当教堂钟声敲响时，所有的街巷都是命运的通道。

这样便看到铺地的南部盛产的白色小方大理石。

如此光滑，如此久远耐磨，如此易于渗水。

我或疾或徐走过，就好似蓝天里的一朵孤云。

迪拜塔

我来的时候，迪拜塔还在建造之中
风沙蔽日，恍若在看传说中的古巴比伦
塔。奴隶们搭成人梯，日复一日，推上去
又倒下来。石块垒压着石块，勒绳处
无比光亮，好比毒辣的太阳之光

人就是锈铁，四面八方，开始被
极具磁性的迪拜塔粘吸而去。如同
黏附于权势、名望、金子及美色
这种塔隐矗于人心，只是迪拜尽情剥露了
它。女人蒙着脸，男人着月光一样白的宽袍

我是从开罗飞抵此地的。说实话
我更适应在杂乱的尼罗河边行走。金字塔
是法老们遗留世界的惊艳。几百位法老

死了，犹如美色、金子、名望及
权势。石头虽在风化，塔基依然完好

一路上我惊悚于穆斯林的祷告
声。像沙漠上席卷的风，一阵比一阵
更悲切的哭声。男人的哭声。几百代
阿拉伯人朝着苍天的颤音。在石油发现之
前，迪拜的每一棵沙棘都沐浴了这样的哭泣

康提夜宿

佛陀说每个人都是一尊佛。我真不敢自以为
我是。能够慧性地穿透自己，看透一张前世的纸
我们都不是。礼佛的队伍由披彩的大象开道
我在其中，如一颗沙砾，比宝龛中的佛牙
更小。听不到咀嚼嫩草的声音，玉一样白的光
灌在头顶，滑向我们这一群苦难且作乐的人

康提，令我痴迷的城。我环绕从未遇见过的大树
真正的法盖。辛加人依旧一无所有，赤着
脚，用手抓饭吃。手直接去捧天边的花果
猴子跳上酒店阳台，向我晃动一串黄色的辣椒
我半梦半醒，感觉自己腾升而起，看见斯里兰卡
它坠落于印度洋中，戚戚然，如佛陀的一滴眼泪

悉尼上空

照理，人就是一粒草籽，风或鸟把它吹到、衔到
哪里，它就可以在哪里生根、生长，花开花谢。

故土只是原先结籽的那棵草所在的地方。气象、气息以及
风物，也要到你远远离开后才会变得伤神，变得独特。

近似倔强的寂寥。尤其是你自以为将永不归来，以焕然
一新掩盖了时而冒出的自己是什么、又到底要什么的思忖。

事实是故土的确荒芜、干涸。飞往墨市的途中，我已确信
碧海、群树、繁花和南半球明澈、充盈的诗句俯首可拾。

我能随意迁徙。与原住民的差异，不是如今外省学子通过
读博留在一线城市的既喜又悲、既爱又恨的那种心境。

这样的感觉我好像不能用语言来描绘。让我决意折返的是难以荷载之想：我这么一粒来到人间的草籽究竟该怎么长。

就像站在唐人街的牌楼下，我突然明白了华人为何要以盛唐的富绰来抚慰、来支撑自己弱小的肢体与心力。

而此之前，我的放有护照、机票及钱物的腰包在商场失而复得。一切都是天意了，天意到了美好、决绝的程度。

以至于三十年后的今天，我清晰记得悉尼上空排列的奇异云阵，仿佛写着：做一个听从内心的人该是多大的福分。

辑五

云间帖

春语

诗歌躺在戏谑与功利的床沿
被磨损的倾斜角度。时光幽幽地发亮
别了，抱恨的屈原，醉酒的李白
只有桃花源湿漉漉地活着
还有聂鲁达，他在歌唱革命之余
手捧着南美女人浪花般涌动的乳房

纠结于终极玄理是一种误入歧途
羸弱的人啊，如一截腐木毫无生气
欲望减去能力
只剩下痛苦的程度。回到简单中来
在这踏青之时，在这杂花之畔
坐在静待风化的石头上

柔柔柳丝最早醒来，如薄雾的低垂的梦

实在是无声无息中的惊天动地

敏感之思，像失恋者面对他的情人

要真切地年长一些，厚实一些

抚摸了缓缓走动的构造之水

岸上，微风轻撩起语句的衣衫

不少人

不少人在春天变得敏感。就像一个病者
敏感于化验单上的诡秘数值。春光洵美
怎能不浮生些许惜命的叹息。如此之心
仿佛春天不再是万物萌发，而是临近于终结。

不少时间，因为敏感，人会变得卑微
臆想一个纯真的文人，比如老杜的那种痴顽
端坐于一朵碗口大的无名花下，爱恨
交集。等着一滴前世的泪从花间落下。

千万不要提及神祇。我们谁也
不是，谁都未识。我们只接近于眼底下的
一张纸。一张轻盈的纸透散着青烟味
接近于这又一个被冷雨浸湿了的清明时分。

有人

微雨的午后有人坐于郊野的厅堂，看着院子里
水池中的小气泡。在她与水池间隔着扇大
玻璃，她什么都听不见，静得像身后的一枝印度
檀香。她看见池边的石头圆润、光滑，
石缝间的青草与杂花在吱吱伸展。
还有池底肥美的锦鲤，那慵懒游动的姿态，
让她联想到自己的身世。似是而非，因而
愈发真实。还有水面漾映的天上的云团
似未曾化开的水墨。手机跳出傍晚有雷阵雨的
预报，那是即将要发生的天象了。她一直
游，一直看，时光太长、太久了。她此刻
什么都听不见。隔着厚厚的清凉的大玻璃，
她端起一杯咖啡，匙子逆时针搅动。
然后，浅浅一笑，将略显疲倦的双眼轻轻合闭。

原乡图
——致 TZ

"老人们走了，才慢慢熬出乡愁来"——你
喃喃自语着，应该是身穿红衣，正走入
一片黛色的山丘。紧随你的是纷扬的
四月雨，像一阵轻缓的诵经声。这个讨程
如此之慢，如此之缜密，让人觉得口拙，
语句也十分珍稀。红点的你在原乡，似一件
缀饰，又像一团渐行渐远的火。你于是
停下来，想跟我们表示些什么。这一刻
坡上的茶草微动，覆盖了尘世，围向
你身边，如同曾经围在你先人们身边一样。

兰草见

端午过后，我依然见到了兰草。
它在空谷之中，似一个刚着壁的胚胎
遇见了自己的父亲。它轻弹着我，
使我拙于表达。隔着跟时间一样
无处不在的空气。我触碰的言辞有时
过于锋利，如同一把产剪，把天幕
剪成碎片。我不想陷入其中。
我喜欢用简单的比喻，譬如细薄的
可以在它的草叶上停驻的紫蜻蜓，
带着朗清的温婉的垂询。屏息静气
也听不清它们间的私语。这就是
难以进入的微小的宇宙呵，如痴
如嗔，也如我自以为是无辜的宽舒的
心。这颗心已在春天时兰草的
花香中浸泡过。像在潮湿的盆地

需要浸泡朝天椒和烈酒一样。如果天

有边，它此刻就坐在天的边上，有

一道脱世的禅险。而我天天读写的

经文，对它而言，是在辽远的

低处，指甲般游动的黑亮亮的蝌蚪。

如如

我时常觉得空气中应该飘浮起些什么。
没有形状，抑或是有形状的，像记忆
以及被揉碎了边角的褐色的枯叶。
它们就在我触摸不着的地方飘浮。
唱着歌，轻得或者是缓慢得超出我想象。
我时常怔怔地望着，以为它们
全然与我无关。我还会随之浮升起，
我需要反顾我自己。我早已变得
毫无趣味，执念很深，靠着戒食来净化
渐渐暗沉的脏器。我的双手
不停地在空气中擦拭，抚摩，
仿佛担心再无力把控这虹一样的热量散发。
我有所恐惧呵。这些飘浮上去的明澈的
东西，泛着海泡石烟斗般细腻、幽黄的光，
比之一枝枝甜香的迟桂花还要真实。

我由此可以虚化开，白雾似。

就像只有在女儿少小的时候

父亲可以视她为掌上明珠的那种感觉。

梅雨笺

哪里飞来的云团久驻不走。
问天的事屈夫子早干过了，再问，
天也会不耐烦。我揣摩他那时
肯定是站立着，昂着头，贵族气的
胡须儿被风吹起，翘起。我不
这样。我宁愿是一个久病不起的患者，
没那么多豪气和期盼了。我习惯
舒展开身子躺着看云，像读一张
情意绵长的信笺。我会觉得，
这些从信笺滴落的忽刚忽柔的雨，
俨然是一场誓同肝膈的洒洒指天：
几十场的梅雨就是我们的一生。
不是吗，一切都从地到天，一切都
倒过来了。包括我刚放生的那条
黑鱼，钻进湖泥，搅起一团浊水，

却又从浊水里浮起，朝我

缓缓游回。也包括突然间的那些

撕裂天幕的彩云临空，万千气象

—— 一切所有，当我倒过来看

时，我便彻底读懂了霍金。

比读一百篇优美的诗还要优美。

就好像多年不见的老友的意外探访，

我得挣扎着坐起，表示敬意和

感动。仿佛自己的神经末梢被触拨，

如同震颤的却音声不发的一根琴弦。

车经新江湾城

车经新江湾城，心绪总不免有些茫然。浮想祖宅
原有的模样，那座军用机场，衰草迷蒙的
沼泽。我钻在旧掩体里，偷偷抽完了人生第一支烟
还有秋天烧茅草，火星四溅，终成一场战争似的狼烟

那也是我童年的第一场恐惧。所谓稚真也是可以
制造危局的。撒腿逃去，逃到户口簿上的地址一变再变
再也不属于这里。车行三分钟，像一个再世的
行吟之人御风而来，缅怀之情寂寂如塘中的清荷

肉身赋
——致 CJB

当你痴迷肉身，你就健身。主要是肌群及肌群的形态
就像对自己最钟爱的梦中情人，通过运动
让她展露娇颜。灵性的，债张的，鲜活的意念
行走于喘息之中，每个毛孔宛如颗颗颤动的晶亮的花蕊

我承认我误解了你。健身者有理由肆意炫耀他的
肉身。我第一次走近你，大学城寒假中的健身房空空荡荡
只有你，像个孤独的巡田人，所有器械都成了你的
庄稼，过往和未来的，顾盼着你周体滚落的热汗

并且此种顾盼是超长时间的。接近于你离异、独身的十年
回到肉身的十年。半百苍头，如我，已渐次飘离了
放弃了。扳过你积蕴虎豹之力的肩胛，我看到了我
灵性修炼的表情，如垂钓的鱼漂在水面沉浮

不热爱肉身的人枉具肉身。我喜欢看有分叉的枝，肉身与
魂灵分挂两边。要醒觉到肉身不灭比什么都难啊
这种智慧佛陀称之为般若。就像你现在开始原地骑车
震耳的音乐里听到有人高喊：上坡啦，拐弯啦，换把位啦

自拍

老苏格拉底告诉我，快乐莫名
往往是在为一件自己喜欢的事情忙得无暇顾及
其他的时候突然造访。

每天给自己做饭。然后是站在水斗前
清洗锅盘，不留一点渍痕。钢锅应该是发亮的
一半的时间，它应该明亮如墙上的窗。

剩下的就是静坐了。让意识睡着，脑袋有时会突然
颤动一下。不驱赶任何东西，鼻息宛似尘埃的风箱
虽然蹑手蹑脚，却依旧弄出了声响。

生日前给自己

像我这样散淡的人如何确认与这个世界的关系。
可能一点关系都没有。
我还是站在铁路边的肤色黝黑的那个乡下孩子。
欢呼，悲愤，繁花及碎屑装在那列车里呼来啸去。
站了五十多年了，我还一动不动。

一切的景象都有它的魅惑之处。
我只是像咒语那样渐渐忘却了它起始的鲜活动能。
用一生来怀疑自己到底能看到什么是徒劳的。
仿佛会写诗的蝴蝶的翅膀既轻盈又斑斓。
而米沃什说："诗歌的本质中有某种猥亵的东西。"

自述词
——致友

请原谅我曾有这样作自述的念头：写诗
可能毁了我一生。视野和膂力被局限，且
无端地固执。好比老屋前亲手种下的那棵
榆树，叶子落下，长出，又落下，又长出。
榆树还是榆树，没有转变为枣树。
没有结出那种嫩时青涩熟时黑红的果实。

俄狄浦斯看水仙实际上是一场恨。人
还是需要去营造善心的，如同我总是自觉年长
对你们满怀暖意，比对待一个女人还要细心。
我看见你们跟汉字住在一起，常常用可能
成为经典的鼻子嗅闻着，并在御用它们时
懂得各种架构之间所具有的另一面的欺骗性。

我如微尘般无关紧要。但我近来觉得，因为

你们，我又显得十分重要。为了能长时间地阅读你们，我坚持黄昏走路，并希望可以一直走下去。我还想为你们攒一点茶资，腌一坛咸菜。你们看不见我。我只是在明知没有山的碎雨斜飘的夜色里自言自语：数峰清苦。

谢家果园

朗日，风爽。谢家果园硕果累累

老谢坐在一只金黄色大南瓜上，皱着

眉。脑袋也如丰收的果实沉沉耷了

下来。你懂佛学吗，他问我。你有没

想爱更多的人，如同这些鲜果，因为太多

寂寂落满一地。他问我世间真的有

般若吗。那些得意忘形、自以为是的杂草

一样被清水和阳光滋养着

长在垄上。他问我文本之于写诗很

重要吗。搜索枯肠，布局谋篇，不就像

种这些地，仅仅是为种植本身，还是

为不知其面目的享用者。他问我，我们

真的老了，不再有驿动的心了吗。你瞧这朗

日。天如此透彻，望不到边，风儿轻柔

最适合大睡一场——哎，言尽于此，煮南瓜

吃吧。老谢示意我拉他一把。他站起
晃了几晃。坐太久了，腿脚麻了。他说

沉静一刻

他在生命结束之际突然沉静。
肢体已僵化，临近于散架，
就似院中的葡萄架，秋风过后，萎落一地。

关于活着真没意思、真想睡去的叹息也
结束了。那是回到童稚与撒娇的淘气景象，
一生拘谨，所有的道理已一理不存。

他分明记得自己在练功，脚踮檐头
鸟一样飞起。有一种气息，吹开了四周的
窗户。分明展现了这大好人间的大好晨曦。

想象他给达官贵人的看相仍在继续。想象
他拉着我的手讲述推背图。唐朝的
某座山，平移至禅椅前，铺着金色的锦垫。

快结束了。他的头发果真像一场无法停止
的雪，闪着冷峭的冰光。这个时刻
就是拳经所写：一羽不能加，蝉虫不能落。

风起处

其实，我们是永生的——当风中传来尼采的
话语，那种不寂不灭，与辛苦一生的人
·起垂暮。长海医院影像楼
显像的是过往的印记，恶症，糜烂
无穷无尽的悲痛。而风的另一面
婴儿降临在吉时，鲜花滴艳，喜泪纷飞

我也出生于此。路的北边，这幢
有琉璃瓦和红柱的民国建筑，当时冷破无闻
像一名改造中的风尘女子。我皮肤黝黑
一只小甲虫般偶尔飞来，停驻在
野茭白叶上。看见灵光一现的
绿瓦大楼的屋脊上长满蒿草。风站到了高处

吹落一地病灶。让医院成为所有学经人的

最好的读本。再大的空间都显得逼仄
后人和前人相互拥挤，身世病历般潦草
难辨。迎风爆绽的肉色树瘤历历在目
我再度归来，宛若践一个旧约
棕色瞳仁中疾走过一个个穿白褂的割瘤者

荷塘月色

可以将朱老先生的妙文当作药引。黑色的棉袄裹着
单薄的身体。我把它慢火熬煮，气味
很浓。就是在荷塘边的一罐汤药，最好是
揣在怀里。荷塘
接近于心的形状。它的界线边缘
匍匐着残腐的败叶和游子一般的思乡之情
我们各凭心气，行走于人世，病着，然后
思索着救治。水滋养着带绒刺的青色茎秆
让我们的心坐在上面。莲花所想，构成了
为人所称道的独有表现形式。一丛丛更远处的荷塘
落进天外洒来的月色里。清辉皎洁，透彻
我们彼此的品性。热力于此蕴积，以塘作为容器

往者的歌

三十多年来我总倾听着邓丽君。她的香消玉殒
更让她的如泣如诉绽放出鲜玫瑰的艳红，抑或说
是惨丽。不具有深刻性的世态也居然如此永恒

诀别就发生在眼前。包括我的祖辈、亲友和
陌生人。往者之歌令我一遍遍遭逢留不住的青春容颜
爱人的嘴唇。好似一个绮岁订交的人，猛然间舍我而去

但当我轻哼广陵散，或者诵读起陶渊明、苏东坡
却从未浮想他们是久亡之人。他们仅以歌和诗的形式存在
陪我冬日下负暄，给予我口嚼刚剥出的野荬白的脆清

也就是说，过往越久便越能在过往中长生。我在江油
见到石头的李白像又把他放回唐朝。邓丽君却使我思了又
想，仿佛我再往前伸一伸手，就注定可以将她揽入怀中

这应该是意念与心绪的错觉。似一团乱麻，从中引出数根
线头。慢慢扯长，在逆光里欣赏它们飘舞着的毛绒
哼唱的角度也需要逆向，声线上有渐趋圆润的游魂在轻弹

这让我想起松江的佛塔。西边田坎，一音法师匆匆走来
他看似弱弱的，距我不远不近。和我一样，他也曾
结社吟诗。乘着一位艺妓的歌声远行，一手法书变瘦变拙

偏离

好比是在一条大道上，我曾与你们一起言笑行走
突然间我滑向边上的岔路，变成了孑然一人

所谓偏离就是这样。你们有头衔、职称、免费医疗卡
有繁多的人来客往、酒宴欢场。这些，我都没有

我没有了组织的概念，以一个无业游民的步履
从岔路独自走下去，原有的积蓄只剩下一张最小的票面

是的，最小正是我所要。那是生在世间的底线。如同微尘
它从菌落中漂浮出来，远离出来，成为物质分解的终点

我也不再悔叹往事。曾祖母说过，每个人都有一条
属于自己的路。即使你没有选择走，那条路还在

一念之间

年少时的激动人心。它们是如此遥远，因此也就
历历在目。好似透明冰冷的窗玻璃，假如将其
遮掩，我便无法阅读到光线与清风

把自己定义为不能走出屋子的人。困守在腐木与碎石
搭建的空间里，敏感或警觉于任何响动
常常紧合的双眼具有追踪微尘与细风的目力

像一头鹰，却被锯平了钛金似的尖喙
是从瓷器店扑腾而来，一地的精细的碎片
站回到最初的路口，最初的永久的初识时分

榨出了一杯蔬菜汁。我将天天清洗自己的肠胃
端起一念之间，它一半是魔障，一半是菩萨。从比例上
看，我的头颅过于扁平，显得脑量小于常人

禅诗破

一听闻禅诗，我便十二分惶惑
仿佛看到了和尚们对骂，对打，或者索性
自我折磨。然后眼睛变青色，敷衍成天一样的
空漠。不是所有的诗僧都手拈禅意，此中凶险
宛如码诗句的人对于文本的沉溺。抑或是
对于洋人章句的盲读。我常常发现自己
很愚钝，也很孤单，像一块扔于荒原的
陋石。我的快乐大多来自我对贫困
童年的记忆。就如此刻，我又联想到右舍们的
习武场面，远近村落的对垒。那位得胜者
有一次硬拉着左邻的伙伴摔跤。左邻魁梧
寡言，弓着腰，发一声吼，便把练家高高
扔了出去。这画面是历史性的，引得我
猫一样常常扒到他家的木窗外去观察。我
第一次发现他的父母也都十分健硕。三餐

准时，营养恰当。那是在"文革"初期

戴红袖章的他少有出门，而他的

父亲，瘫坐着，直直地木然看着他

那模样，比较接近于将禅诗抛于脑后的老僧

行者

一直试着做一个行者。所谓试是因为始终未抵达这种状态
那是得离开家，离开妻儿及桌上的桃木烟斗。像掀开
一道幕帘，进入另一个空间。所谓的远离我们的灵境世界。

行者的芒鞋一开始也沾满俗世的尘土，走着走着，尘土发出了
光，映照着他的眼睛，演化成佛家的《传灯录》。那书
真奇异，就"传灯"两字，足以让人横躺榻上，想上整整一夜。

行者可以是孙悟空、武松，也可以是李叔同。都得放弃一头
譬如山大王，打虎杀嫂；譬如名士，得真正脱胎换骨
从人群里走出来，心无挂碍。随身带着棒、戒刀和一支秃笔。

禅有险

好几次提到了禅险。不是因为我畏于知禅。
我只是想提醒，当你自以为进入禅境时，
这一刻是极具危险的。好比你探入幽洞深处，
得留意火把熄灭、头顶的岩缝吐出蛇信子。

换个角度说吧——若你在诗中表达出悲悯、
开慧、自甘羸弱，而这一切仅只是虚幻——即
你让现实与想象中的你彻底背离时，这
就是禅险。你举了把禅的快刀砍向了自身。

我遇见过这样的灵魂出窍。那都是些
鲜衣怒马的人儿。他们享用着浊世又唾弃着
浊世。就像胡兰成瞥见崖边的危草一动，
他便坐在那里不走，独自哭得稀里哗啦。

我读《传灯录》往往在半夜，所以常常会在梦中听到老和尚们对掐。昨天我去古玩店，特意捧着只恐龙蛋与藏家合影。他咧嘴笑着，仿佛说，没事，那不就是块老水泥坨坨嘛。

如筏喻

——给 WW

我们不约而同离开了老家那条河，那条由清澈变得浑浊、漂着
刺鼻柏油味、流过我们青春梦的河。因为太过相像，我们
住在同一宿舍却并不热络。甚至连万象更新的复旦校园也并不
具有真切的亲近。我们在人群中，或者很长时间不在，好像
鸟儿飞过它自己的花丛与祥云，灵魂的羽翼，在天上盘旋。

当我深信我们心中都有一座圣湖时，我两鬓如霜，开始抄写
佛经。而你刚从日喀则归来，除了说牙齿有点松动外，你依然
缄默少语。我试着顺你的目光看过去，风物万重，又似乎
什么都没有。我跟我长兄的感情也是如此。就是两个倒影
轻晃在圣湖边，类似，澄净，进一步细看，却又深不见底。

可能这便是值得庆幸的岁月安好。像农民依恋于土地那样，
那些泥路，湿滑的青石板桥，我们没有离开过，但确是真真
实实地离开了。没人知道荆棘与繁花是如何与我们交谈的。

为此，我常常会想起那个把筷子丢弃的人。想你曾身处的蓝天，蓝得碧透，蓝得辽远，蓝得连呼吸都变得粗重。

老陆同学

我们大凡都不屑那些站在道德高地说话的
人。会觉得那是一棵稗草而已，一棵的确高于
麦子的稗草而已。但有时，当我们沉溺于
自己的意绪或技艺并自认为它们与
道德无关时，虚妄的高地也一样冷飕飕杂草萋萋。

老陆同学不是这样。他乐于赞美人，常常把自己
放在轻声跟服务员点菜的位置上。他孔武
有力，步子朝外，稳而慢地走路。望着他的身影
隐于茫茫人海，我总会自己跟自己说：
瞧啊，瞧那个魔都里密度最高的人呐！

他曾说一山放出一山拦。九死一生过，我怎忍再对
我所处的浮世产生厌倦。在此春分时刻，繁花
照眼，当你们饮酒论诗，甚或谈国家大事时

我想到我可能是最初分享他真情的几人之一。他喊我晨练的敲门声，于今听来，哪有想象的那么简单。

一条线

当我们渐行渐远，初始的本原
已模糊不清，很少有人
会发现，有这么一条线，
贯穿着我们的过往与未来。
是的，怎能轻易获得，
在迷醉、黯淡、矫饰的意绪里。
它不同于地震、海啸或者林火，
不是这般可以目击的摄人心魄，
瞬间的毁灭铺天盖地。
不是的。它不知何时来，甚至
无法去观想它织锦似的材质，
宛如一朵孤云浮于蓝天。你看不见
形成云絮的那些水汽，那些
源于天外的炽热或苦寒。
仿佛慈悲，它不提示你，它

已经出现。一条无色、无息又无边的
线，有着类似于海面在日出时的
优美弧度。霞光回撤，让你可以真正
松弛下来，柔软无力，混迹在你
无从躲避的人群中。你不高大，
也不雄伟。唯此，你
可以被世间万物轻易地忽略。

生辰忏

在这个世上，有人与物有缘，把自己当作了一枚
金币。有人才高八斗，把自己当作了绝世经典。还
有人蔑视神道，有人日诵阿弥陀佛——人们降生
几千世了吧。最无端的是日长夜短的城市，有人
惶恐地表的承受力快到极限了。塌陷终将
来临。抑或就在等待心灵的压迫，那一丝如
最后压垮骆驼的稻草般的绵柔跳弹——很偶尔，我
以彻夜的失眠迎来生辰，回忆着极其稀少的往事
盗汗着，警惕着，把自己当作凌晨伸开的白色的昙花

我与汉字的关系不是亲友的关系

我与汉字的关系不是亲友的关系。

也不是产品与用户的关系。我总提醒自己

不能浸淫于此。实际上汉字居住在

另外一个世界里。我们想利用

它，却又从一开始误读了它。我们之间

有一个如今常为世人言及的量子纠缠态。

譬如苹果的苹，草类不对，也不是

平面几何的描绘。我们能咬嚼入口的

抑或是它自己坠落、腐烂于空气中的

永远是我们不知的本性：平，性平——

在所有的水果与人的关系中。换句话说，

这个苹果的苹字在出现之前，它就具有了

我们所难以深入的情趣与姿态。如此，当

我形容一个人有一张苹果一样的脸的时候，

我是从汉字的旧屋走出，站在院落，

想到了自己太多的错失和欢喜。世界

也就是眼前的世界。轻拂的晨风没有来处，

让我短促地与他分享，宛如颤动的繁花。

有赠

仅仅远行或再度回来是不够的。
仅仅想到或听到也同样是不够的。
柔软到极致，就不会期望被认为是极致。
这一具肉身何尝不是一段诗句。
以尽量简洁的语言，尽量克制的叙述
让皮肤生光，让情意玲珑。

所有人都值得珍爱。那种根植于
灵性深处的幽蓝的花朵即开即萎。
此刻，世界的未明与微妙同在。我是
有幸的。我将抛开以往的显像的比喻性。
我不做比喻。我本身就是。我愿
与你同行，双目澄明，是众人也是无人。

我如今的状态

我如今的状态是：我从一名争斗者
蜕变成了厌战者。我已
寡欲少求了。这是因为
一切皆是我有。
还因为，我祈求获得所有人的宽宥。

我不再是我。
我可能是你可以看到的一切。
这些浓淡、恒定、有情，或空。
我一直走在队列的尾部，我对
所行进的前方毫无感觉。我只是
组成部分。芸芸的食肉的部分。
爱恨叠加。爱恨又最终湮灭。

山坡词

在有空气、水和阳光的地方，我都是舒心
快乐的。这哺育了生命又让其
有所依托的一切，曾经极度微弱。
比之一双芒鞋还轻。
因为我们要脱离它，以为能脱离它。

我的额头触碰着草叶和初夏的飞虫。
我走过一道坡，停在山风聚集的
低处。我眺望远方，
看到了矿产、鱼和乳房状的木瓜。
看到屋脊如一管笔，黛色的，轻描淡写的。

一场雪

少年狂就是杨柳千条尽向西。

是过去了的或即将到来的时光。

怎忍学弘一的字，褪尽烟尘，无肉无骨

收敛得接近于冷酷。

宛如他缁衣一袭，修撑着律宗的化境。

末世的念叨，念着念着人就老了。

但我们有比之更难以淡然下来的心结。

朔风吹雪，可以认作是一场布施

叫人追问有否经历类似这样不济的重逢。

能追问的人哪，是低于零度的气温

雪因之久积不化，天光出奇的亮。

谓词

谓词宛如一根扁担，挑着行为和精神两只箩筐。

其中有作为果实的心灵与大脑，以及它们间关系的不可解。

还得深入果核，触碰到各自的游离不定的激活源。

必须承认我们所念所行的原动力往往并不纯粹。

已证明和未证明的依然互不相容。恒假的所谓之词

如同自主神经，是身体的一部分，但不是自我的一部分。

人·物之一

倘若获得太多的关注和交往，他早不复
是他了。生来色弱，却痴迷于唯美的画面感。
预设是极寒地带，暴风雪之夜，再也
迈不开步的他成了位贵重的访客。
木屋温暖，炉火红炽。而主人的面目模糊不清。
他只是感动于事实上并没发生的场景。
有缘相顾的人倒显得无关紧要。
也就是说，去过或来过都是非物质的交集。
看到一片芽叶从挡压它的石头边上绕长出来，
新的石头与嫩叶的组合画面让他很满足。他憨憨
一笑：所有物种都找得到自己成活或向往的地方。

人·物之二

有些人善于启发，有些人善于被启发。
启发者大致相同，因为他们都有话
要说，有想法要告诉别人。
千差万别的是被启发者，不知道哪一句话或
哪一件物体会突然间给予他灵感。
这个突然间就是一个焊接点。火花一灭
碎片向整体的过渡也完成了。
他发现了作为愚钝之人的真正的好：
原来耽搁了的和浪费了的生命都是有用意的。

云间：与诗说

诗就是种子，必须有情才能破土。
不提才艺和志趣了，它
应该脱离你所有想
衍生出的独立之物，譬如说
是一个有嘴巴自己会说话的孩子
一朵有清芬自己飘散的梅花。
看上去很健康，充满关怀
世界既浑浊又清奇。
你不能赋予它熟识的语境，相反
你只是一个倾听者，
需要有耐力和极度敏感的听力。
春光一直都在，轻轻微微
消融你细胞中的往日记忆。这样
你怎能把它当作你的杰作。它
到来时，催你出门的喊声又响了。

佘山：卑微或高大

我不得不深信自己是个卑微的人。
形同一株野草，将一世的生长和衰亡
都隐藏在某块光滑的石壁后面。
又仿佛我游览了几次佘山，突然发现
它也是高大、葱茏的。在这片冲积平原上
它是东天目山远远掷出的一颗弃子。
再往东就没有如此之山了。
再往东奔进海，就没有如此的有迹可循了。

这样的感触我想与你终生分享。如果
卑微是虔诚的，它便是山顶的教堂塔尖！
它注定长久于谋划和营造它的人。
呼应佛家所说的空，可以不停地装进
对罪身的忏悔、爱或者是私念。
这样的私念我也摆脱不了。

如光的耀眼，如集市的嘈杂。

终究红尘万丈，终究我是你的体露金风。

通波塘：与水说

我想与你说说我是如何打发每天的时光的。
我是如此闲散，似有更多的可能
与一些玄妙的杂思纠缠不断。以我所见，
天地柔顺如一匹光滑的绸缎。
我站在桥上或走到垂柳的边上，
我肯定是个被宿命紧紧裹挟的人。
譬如水，在风的轻微与停滞之间
保持住变幻与平静。稍远，又
收拢起天光，偶尔折闪出碎花似的亮色。
很少看到船了，周遭的稻田也已渐渐消失，
看上去你跟我一样自由而无用。
看上去是的，有一个开始，
也有一个结束，由高向低，像一场恋爱。
时间就是一张网格缜密的网
将我漏在外面。很久，水面的富氧化
终究使我对生动的水底失去了应有的想象。

大学城：与鸟儿说

怎忍离开这片执念遍地开花的土地。

我厕身其中，粘着五色的花粉。

二月来了，会带着峻冷而格外朗湛的晴光。

如此，我们将开始沐浴自己。

上天这般宽容，它不忍心覆压下来

让我们领会何物为窒息。

它的深阔，止于想象所及，

寄存了敬畏、无我和依托羽翼的飞翔。

但往往，我们就是缺失这样的情怀。

本就稀少的灵性像锈刀一样钝化。

我们一个个僵立着，宛如一段段枯木

伸着锐利的黯淡的枝。

而在我的执念里，我们本该最终演化为鸟，

身体很轻，翅膀很广，而且毛色乌亮。

照片：与戏说

茸梅路另一端，安徽人开的小餐馆墙上贴满了
影视演员的合影照。与菜牌同列，并顺着
楼梯斜挂而上，带着久积的油腻和酒后的酡色。

是从车墩迎请来的。那地方是硬生生搭出来的旧景，
我乘电车穿越时，谍战片正在一边跟群演说戏。
而这里，他们卸下戏装，形同开发区里的办事员。

在外乡人当中，我也是外乡人。有一种上海开埠后
立码头的感觉。事实上我们背后的身份也不清晰。
吃一顿饭就走了，坐过的桌椅让给下一批人。

这样，照片就是偶尔排演的戏，有了张挂的必要。
在它之下，我以味蕾记存不被随意戏说的自由度。
混搭的喜悦，类似徽菜，放了几只鲜红的小辣椒。

小昆山：一棵树的邀请

我受到一棵树的邀请

爬上小昆山，辨认它新近的皱皮。

就在二陆草堂边上，

人迹稀少，景象有点萧索。

再上去，差不多在山顶西侧

是一座募资中没有真道士的道观。

大半世了，我热衷于与树说话。

翻看过的树叶接近于人世的辞典

既简练，又说清楚了事理。

早晨留下来的露水的湿气

在我的鼻子底下慢慢淡化。

这可能就是终将泯灭的诗意。

智慧和奇迹也是这样。

当我站着，永远矮于一棵树。

好比人群中的聋者、盲者，

此刻敏锐，光明，

听到或看到了未经诵读的语言。

天坑：气息

天地间能留存的可能唯有气息了。

这种水面低于水平面的幽沉

得沿着石壁下探，抵近。

浓浓的迷惑的雾，吐一口气吹散，仿佛

春申君的霸气，机云的英气，董其昌的匠气。

还有把妹子嫁给御猫的丁氏兄弟的侠气。

更远一些，洪荒奄然，坑很浅。

传说有大批的神鹿来这里呦呦其鸣。

还有仙鹤，翅膀如得道之士的大氅。

全然弥漫着天到尽头的景象。

留下的鹿，以金属身跳奔于广场。

而鹤几近绝迹，一如"鹤寿不知其纪也"。

一切有形诸如石头都会被时间揉碎，化成粉末。

坑挖深了，搅浑的水已能自净，

可以照见多少阴暗与盘根错节的辞色啊。

值得庆喜的该是闻到自己的气息。

于有限的范围，譬如就在家中

呼着吸着，尽心地去呵护，如此而已。

辰花路：明日樱花

随内心所愿去活吧。

把自己交给时间，

交给这物质世界唯一买不来的奢侈。

嘴角含笑，把胸怀付与微风和阳光。

得最终找到适合漫步的那条路。

以诗来表达，它的原旨就是真实。

不能像卢梭满腹牢骚，生怕才智被辜负。

而草木生长，绿荫以覆盖的方式集结。

我就相信能遇见的所有的好。

比如路边被描绘的一长溜的明日樱花海。

树苗的根已然扎下，花朵稀疏

羞羞怯怯的，像我年轻时迷恋的少女。

西林寺：想起约柜

得告别亲切的西林寺了。依然是从西侧门
进，吃一碗素面，然后入庙，省一张票，
可以喂一群其实不必喂的肥嘟嘟的锦鲤。

我只是闲走。常常不一定进殿，进塔。
我总在卖符咒的矮房前站一会儿，点支烟。
它让我尽力去回想幼时老屋的应有的模样。

今天我还突然联想到以色列人拖着一个
移动的圣殿，在耶路撒冷的山岗上寻找
基地。那是顶帐篷，放着上帝的约柜。

所有真理的开始都是静穆的。至少在敬畏有
这么一个约柜存在时。西林寺也是，我从
吃一碗素面开始，最终的告别止于它的正门。